君こそ僕の絶対

いおかいつき

幻冬舎ルチル文庫

CONTENTS ✦目次✦

✦カバーデザイン＝渡邊淳子
✦ブックデザイン＝まるか工房

イラスト・奈良千春✦

君こそ僕の絶対

1

　事件は相変わらず、日々、どこかで起こっている。それに対応するため、諏訪内真二《すわうちしんじ》も毎日のように走り回っていた。

　警察署の駐車場に覆面パトカーを停《と》め、運転席から降り立った真二は、ようやく解放されたように大きく伸びをした。

「お前だと、この車でも小さく見えるな」

　助手席から出てきた村川《むらかわ》が、感心したように言った。村川とは真二が刑事課に配属になって以来、ずっとコンビを組んでいるが、時折、改めて真二の大きさに気づくようだ。

　真二は百八十五センチもある長身に、それに見合った肩幅でがっしりとした体つきをしている。それだけなら人を威圧しかねないが、少年っぽさを残した優しい表情のために、初対面の相手にでも親近感を抱《いだ》かせることが多かった。対照的に村川はがっちりとした体つきに、険しい顔立ちと見るからに刑事の雰囲気を醸し出している。

「だから、バイクの方がいいのか？」

　建物に向かいながら、村川が尋ねてくる。

　並んで立つと身長差が際だつ。四十三歳の村川が百七十センチと、その歳《とし》では低い方ではないが、それでも十五センチの差がある。

「そういうわけじゃないと思ってたんですけど、もしかしたら、そうなのかな」

そんなふうに考えたことはなかったから、自分のことなのに真二は首を傾《かし》げた。

真二のバイク好きは配属三ヶ月も経《た》てば、刑事課でも有名な話になっていた。刑事課に配属になる以前、真二は白バイを乗り回す交通機動隊の所属だった。たまたま配属されたのではなく、警察に入って以来、希望を出し続けた結果だ。その理由が箱根駅伝の先導をしたかったからだというういささか不純な動機も、真二が隠していないからいつのまにか刑事課内に広まっていた。

そんな真二が希望ではない刑事課に配属になったのは、偶然、指名手配中の殺人犯を逮捕してしまったことによる。しかも、真二にはそんなことが一度や二度ではなかった。警察官が喉《のど》から手が出るほど欲しいような運を、真二は持ち合わせていた。

「まだ白バイに未練があるのか？」

何気ない口調で村川が尋ねてくる。真二の事情を知っているだけに、気にしてくれているのが真二にもわかった。

「いつかまた乗りたいとは思ってます。でも、今は刑事の仕事を覚えるのでいっぱいいっぱいですから」

真二は正直に答えた。白バイに未練がないと言えば嘘になる。高校卒業後、警察に入って七年、白バイに乗っていたのはそのうち四年。たったの四年では、駅伝を先導する機会には恵まれなかった。真二の人生にとって、その夢はそれほど大きな意味を持たないかもしれない。だが、子供のような夢でも諦《あきら》める必要はないと、真二に教えてくれた人がいたから、真二もその夢を持ち続けることにした。もっとも、だからと言って、刑事の仕事を中途半端にするつもりはない。

「刑事も面白いもんだろ？」

「そんな余裕ないですよ」

真二は情けない顔で答える。警察官にはなって七年だが、刑事としては全くの新人だ。今はただ右も左もわからないまま、村川の後をついて回っているに過ぎない。面白いと思うどころか、無我夢中で過ぎた三ヶ月だった。

「よく言うな。三ヶ月で何人のホシを挙げたよ。田坂《たさか》や近藤《こんどう》が焦《あせ》りまくってるぞ」

村川が真二を冷やかす。

田坂も近藤も、真二にとっては先輩にあたる刑事だ。キャリアも共に十年以上はあるだろう。その二人を焦らす、真二の検挙率。それは、大半が運によるものだった。刑事になったきっかけもそうだが、偶然、事件の現場に出くわしたり、聞き込み先で犯人と出くわしたりと、とにかく、運が強い。真二を刑事課に異動した県警上層部も、まさかそこまでは考えていなかっただろうが、結果としては大正解となった。

「刑事として実績を積んでの結果なら、素直に喜んでいいんでしょうけど」

正直な気持ちを真二は口にする。

「犯人逮捕は世の中のためになるんだ。運だろうが実力だろうが関係ない」

村川は真二を励ますように言った。

「経験なんて、嫌でも後からついてくる」

刑事歴二十年を超えるベテランの村川の言葉には重みがあった。

今日の聞き込みもそんな経験の一つだ。何一つ有力な情報が得られず、一日足を棒にして歩き回る。そんなことが刑事の日々の積み重ねだと教えられた。

二人は並んで建物の中に入った。

警察といえどもお役所。夕方五時を過ぎれば、署員の数は少なくなる。事件さえ起こらなければ、それは刑事課でも例外ではないが、そんな日はそう多くはなかった。

「ただいま戻りました」

疲れを感じさせない声で、真二は刑事課のドアを開ける。

「おう、お疲れさん」

二人を出迎えたのは、課長の西越《にしごえ》だけだった。

「諏訪内、夜勤明けだろ。もう帰っていいぞ」

「あれ、でも」

真二は課内を見回した。

抱えている事件はまだ解決していない。真二もそれで聞き込みに出ていたのだ。現に今も西越以外、刑事の姿はない。

「珍しく田坂が引っ張ってきて、今、取調室だ」

失礼極まりない、西越の説明に真二は納得した。

さっきの村川の話ではないが、田坂の検挙率はけっして高くはない。だが、警察は個人で捜査するわけではない。それまでの捜査があって、犯人逮捕に結びつくのだと真二は思っている。

「だから、お前は帰っていい」

西越は再度真二に命じた。

今はまだ夕方の五時を過ぎたばかりだが、当直あけならとっくに帰っている時間だ。事件が起こっていなければ、真二もそうしていた。だが、現実には事件が起こり、体力だけは自信のある真二は、ぶっ続けで聞き込みに出ていた。

「報告書は俺が書いておいてやるよ」

村川が働きづめの後輩を気遣う。

休めるときは休む。刑事課に配属になって、真二は一番最初にそのことを教えられた。

「それじゃ、お先に失礼します」

真二は頭を下げ、椅子《いす》に掛けてあったライダースジャケットを手に、部屋を出た。

建物を出た真二は、バイクを停めてある駐車場で携帯を取り出し、メールを打ち始めた。忙しいなら諦めるが、時間が合うなら一緒に食事をしたいと文字を打つ。

真二には付き合い初めて三ヶ月になる恋人がいる。

出会いは刑事課の中だった。真二の最愛の恋人、高城幹弥《たかぎみきや》は、横浜地検の検事をしている。真二の着任早々に知り合いが事件に巻き込まれ、真二と高城はなりゆきから一緒にその事件を追うことになった。それがきっかけでプライベートでも会うようになり、やがて好意は愛情に変わった。絶対に叶《かな》うことはないと思っていた。高城が真二の気持ちを受け入れてくれたことを、真二は今でも奇跡だと思っている。

日中ではなく、夕方を過ぎた通常勤務が終わった時間は、比較的メールの返信が早い。真二はそれまで、バイクの側《そば》で待つことにした。もしOKなら、このまま高城を迎えに行くこともできるからだ。

真二の周りを冷たい風が吹き抜ける。

バイクには不向きな季節がやってきた。

十二月に入ったばかりで、まだ秋の名残《なごり》か、日中はそれほど寒さを感じないが、日が落ちると、風の冷たさが途端に冬に入ったことを教えてくれる。けれど、ワクワクしているときは、寒さなど感じない。

真二の大きな手の中で、携帯がメールの着信音を響かせた。真二は急いでボタンを押し、メールを開く。

返信された中身は、時間と待ち合わせ場所だけを記した短いものだった。真二は満面の笑みで、バイクに跨《またが》った。

高城が指定したのは午後の七時で、まだ一時間近くもある。店は何度か一緒に食事をしたことのある居酒屋だ。バイクで行けば、署からは十分とかからない。早く着いたからといって、先に食事を始めるわけではないが、早く高城に会いたいと気持ちが急《せ》いてしまう。

結局、店の近くで時間を潰《つぶ》すことにして、バイクを走らせた。

待ち合わせ場所が居酒屋でも、真二はバイクを使う。高城と会うときは酒を飲まないと決めているからだ。というのも、アルコールに弱いこともあるが、それ以上に過去の失敗が原因となっている。

まだ高城と結ばれる前、泥酔して高城のマンションに押しかけたことがあった。結果としては、それがきっかけとなり、互いに想《おも》いを伝えあうことができたのだが、高城に迷惑をかけたことには違いないと、真二は深く反省していた。

夕方の街を車の流れに沿って走り、目的の場所に辿《たど》り着《つ》く。もちろん約束の時間にはまだ四十分もある。どこか時間を潰せる場所を探して、真二は辺《あた》りを見回した。

居酒屋のすぐ近くに、大きなガラス張りの喫茶店があった。これならどこから高城が来ても見つけられる。真二はその店に入ることにした。

几帳面《きちょうめん》な高城に限って、早く着きすぎるということはないだろうが、万一、そんなことがあっても、ここならすぐにわかる。

真二は窓際の席に座って通りを眺めながら、頼んだコーヒーを口に運ぶ。長時間居座られたら店も迷惑だろうが、幸いなことに空《す》いていた。

腕時計を見ては、壁の時計を見て時間を確認する。仕事で走り回っているときには早く感じる時間の流れも、高城を待っているときは針が止まっているのかと思うほど時計は動かない。それでも、真二は楽しかった。もうすぐ高城に会えるのだと思うと、それだけで顔が緩むのを止められない。

結局、真二は三十分以上、喫茶店に居座った。店を出ようとしたは、六時五十分になってからだ。

喫茶店から居酒屋まではわずか十数メートル。歩いても一分とかからない。約束の時間までの残り九分を真二は寒空の下で待っていた。検察庁からの道順はわかっている。高城が来る方向に顔を向け、愛《いと》しい人の到着を待つ。それは決して苦ではなかった。

高城が現れたのは、几帳面な性格そのままに、約束の時間きっかりだった。

人混《ご》みの中にいても、高城の姿はすぐに見つけられた。最初に目がいくのは、まっすぐに背筋の伸びた姿勢のいい歩き方だ。そして、次にその容姿に目を奪われる。真二の二十五年間の人生の中で、これほど整った顔は見たことがなかった。百七十五センチの体は、すらりとして均整がとれている。それに、頭が小さいことで頭身が大きくなり、さらにスタイルをよく見せていた。服の下に隠された体には、無駄な肉が一切ついておらず、引き締まっていることを真二は知っている。目鼻立ち、髪型、体型、どれを取っても、高城には文句の付けようがなかった。こんな人が、自分と付き合ってくれている。真二にとっては、夢のような話だった。

高城はすぐに店の外で立ちつくす真二に気づいた。

「中で待っていればよかっただろう」

呆《あき》れたように高城が言う。その手には珍しく大きな紙袋があった。仕事でも持ち帰るのだろうか。それにしては軽そうだ。

「でも、俺もついさっき来たばかりなんです」

真二が答えると、高城が真二の腕にそっと手を伸ばしてきた。

「今日は本当らしいな」

高城がニッと笑う。

二人が出会ったのは、まだ暑さも残る初秋。その頃にも同じようなことがあった。ただし、そのとき高城が触れて冷えていたことを確認したのはバイクだ。今は冬、外で立ちつくしていれば、自然と体が冷えてくる。高城は触れることでそれを確認しただけだが、久しぶりに高城に触れられ、真二の鼓動が跳ね上がった。

そんな真二の動揺は、すぐに高城に悟られる。

「アホか。これくらいで意識すんな」

高城が呆れたように笑う。

高城の関西弁を聞くのも久しぶりな気がする。実際、仕事で顔を合わすことはあっても、プライベートで二人きりになるのは一週間以上ぶりだ。公私を完全に切り離す高城の口からは、仕事の場で生まれ育った街の言葉が出ることはない。高城が関西弁に戻るのは、プライベートでしかも感情が表れたときだけだ。真二は高城が関西弁で話してくれると、自分を特別扱いしてくれている気がして、いつも嬉しくなる。

「すみません」

謝りながらも、真二の顔はにやけてしまう。

「とりあえず、中に入ろう」

高城が先に立って、店内に入って行った。真二も遅れないよう、すぐに後に続く。

何度か来たことのある店だ。案内をされなくても勝手はわかる。奥まった場所にあるテーブル席に、高城が陣取り、真二はその向かいに座る。

真二も高城も食べ物に好き嫌いはない。高城が適当にオーダーをし、真二はそれに相槌《あいづち》を打つだけだ。

とりあえず先に運ばれてきた、高城がビール、真二がウーロン茶で乾杯を交わす。

「お疲れ」

「お疲れさまです」

グラスのぶつかる音が心地よく響いた。

「今は少し落ち着いたみたいだな」

高城は一口ビールを飲んでから言った。犯人と思われる男の身柄は確保したとはいえ、事件は起こったばかりだ。担当検事さえまだ決まらない状態で、高城は既に今日の事件を知っているようだった。

「あ、もしかして、この事件、高城さんが担当になるんですか？」

真二は期待を込めて尋ねた。

「残念だが、他に回った」

「そうなんですか」

目に見えてはっきりと真二は肩を落とす。プライベートでは、なかなかゆっくりと会う時間をとれない。それなら仕事の場でもいいから、高城に会いたかった。

「最近、うちの事件を高城さんが担当になることないですね」

「そうだな。ここしばらく、厄介な事件を立て続けに押しつけられてるんだ」

高城が苦笑いしながら言った。

「それって、やっぱり高城さんが優秀な検事だからですよね。すごいなあ」

真二は心底感心した口調になる。

横浜地検に来る前、高城は大阪高検にいた。人事異動は通常は四月なのだが、高城の場合は事情があって、この九月の異動となった。が、すぐにポジションを上げて呼び戻すという約束が取り付けられているらしい。そんな面倒なことをしてでも必要だと思われるほど、高城は必要な人材だと認められているということだ。

「優秀かどうかはさておき、俺が独り身だっていうのもあるんだろうな」

「そんなのが、関係するんですか？」

「警察だってそうだろ？　家族を気にしないでいい独身は、何かと使われる」

高城はそう言ってから、ふと思い出したように、

「正月は田舎に帰るのか？」

唐突にも思える質問を口にした。

「まだ考えてません」

真二は正直に答えた。

今は十二月に入ったばかりだが、来月の勤務表が回ってくる頃だ。誰もがあまり受け持ちをしたがらない正月の当番は、刑事課内で相談して決めることになるのだろう。

真二は警察に入ってからというもの、正月に仕事を休んだことはない。それは箱根駅伝を

先導するためだ。先導車に乗る者は、当日に勤務している警官の中から選ぶという規定がある。だから、真二はずっと正月勤務を続けていたが、夢は叶わなかった。

今はもう刑事で白バイには乗ってはいない。正月勤務をする必要はなくなった。高城もそのことを知っているから、尋ねてきたのだろう。

「警察に入って以来、正月は家に帰ってないんだろう？」

「そうですけど、高城さんは？」

もし高城が大阪に帰らず、横浜に残っているのなら、正月は一緒に過ごしたい。そんな気持ちを込めて真二は問い返す。

「年末年始はおそらくこっちだろう。俺は気楽な独り身だし、当直を受け持つにも不便はない。それに帰省ラッシュに巻き込まれるのは疲れるからな」

ずっと大阪にいた高城が帰省ラッシュを体験したことはないはずだが、ニュースで見ただけで嫌になっているようだ。

「それじゃ、俺もこっちにいます」

真二は急いで言った。高城の気の変わらないうちに、約束を取り付けておきたかった。

「お前は小田原じゃないか」

高城はたった一度口にしただけの、真二の生まれ故郷を覚えてくれていた。

真二は小田原市内で生まれ育ち、高校卒業までを過ごした。横浜からは電車で一時間の日帰りも充分できる距離だ。正月三が日全てを勤務しなくても、一日だけでも休みがあれば帰省することはできる。

「たまには顔を見せに帰ってるのか？」

「機動隊にいた頃は」

前回、帰省したのは、真二がまだ交通機動隊にいた半年前のことになる。刑事課に異動になってからは、一度も帰っていない。

「ご両親も寂しがってるだろう」

だから帰れと言われているようで、真二は肩を落とす。

家に帰りたくないわけではないが、高城と一緒にいられる時間はそう多くない。しかも、正月のように祝い事の日なら、なおさら一緒にいたいと思う。高城はそうではないのかと、上目遣いで様子を窺《うかが》う。

「なんだ、その顔は」

高城が柔らかい笑顔を浮かべている。

「なんでもないです」

自分の想いが高城の負担になってはいけないと、真二はごまかす。

「冗談や」

高城はクッと喉を鳴らして笑う。

「お前がおってくれた方が、時間を持て余さんで済むと思てるよ」

関西弁になるのは素直な自分を見せてくれる証《あかし》。高城の言葉に嘘はない。

「そうですよ」

真二は途端に元気になる。

高城は今度こそ声を上げて笑った。真二も嬉《うれ》しくて笑う。周囲も賑《にぎ》やかに飲み食いしているから、これくらいの笑い声で注目を浴びることはない。

「しかし、えらい気の早い話だな」

酒が進んだせいもあって、高城は完全に関西弁に戻っていた。

一ヶ月近く先の約束。お互いに忙しい仕事なだけに、そんな先の約束をしたことはなかった。明日のことでさえ、保証のできない生活だ。約束しておきながら、真二の方から反古《ほご》にしなければならなかったときは、本気で泣きそうになったこともある。

「たぶん、あっという間ですよ」

高城と過ごす時間はいつも楽しい。楽しすぎて、時間が早く過ぎてしまう。今日もそうだった。待ち合わせをしたのが七時で、今はもう九時を過ぎている。

「そろそろ出ようか」

高城が伝票を持って立ち上がる。払いは割り勘にすること。それは二人の中での決めごとだった。精算は高城が済ませ、店を出てから真二が半分を払う。

「寒いですけど、大丈夫ですか？」

いつものように高城を自宅マンションまで送ろうとして、今の季節に気づく。高城は薄手の腰丈のコート姿だった。

「大丈夫だ。この上にこれも羽織るから」

高城は手に提げていた紙袋から、ダウンコートを取り出した。

「そろそろ必要になる頃だと思って、用意しておいた」

そう言う高城は、どこか少し得意げだ。おそらく、検事室のロッカーにでも入れておいたのだろう。

高城は薄手のコートの上に、さらにダウンコートを羽織った。かなり大きめのものを用意していたらしく、それほど着ぶくれもしていない。最後にはめた手袋も厚手のものだった。

いつもおしゃれな高城にしては、あまりかっこの良い姿ではないが、高城がそこまでしても、真二のバイクに乗ろうとしてくれている、真二は単純に幸せを噛《か》み締《し》めた。

「それじゃ、行きましょう。バイクはすぐそこなんです」

真二が指さした駐車場まで、二人は並んで歩いた。

「やっぱりこっちは寒いな」

高城がダウンコートの襟を立てる。

「大阪は暖かいんですか？」

「こっちよりマシやと思うけど、今年が特別寒いだけかもな」

高城が口を開くと、白い息が吐き出される。

「俺の陰に隠れてください。少しは風よけになると思います」

「今はこんだけ着てるから、そんな寒ない。そのうち頼むわ」

「任せてください」

自信たっぷりの真二に、高城が噴き出す。

ここでも楽しい時間はすぐに過ぎた。駐車場内の真二のバイクに到着してしまった。真二にはほんの一瞬のように思えた。

「どうぞ」

真二は高城の分のヘルメットを差し出す。

高城がバイク用に上着を用意していたように、真二も高城のために、常に予備のヘルメットをバイクの後部座席に載せていた。

真二と出会うまでは原付バイクにすら乗ったことのなかった高城も、今ではヘルメットを被《かぶ》ることにも、後部座席に跨ることにもすっかり慣れた。真二がエンジンをかけると、真二の腰に回した手にギュッと力を込める。

高城のマンションまでは、バイクなら二十分もあれば着くだろう。腰に回された高城の手の感触を楽しみながら、真二はバイクを走らせた。

いくら楽しくても寒空の下で、いつまでも高城をバイクに乗せておくわけにはいかない。真二は混んだ道を避け、最短コースを選んだ。おかげで、いつもより少し早く着くことができた。

マンションの前で静かにバイクを停め、高城を下ろす。充分に着込んでいたためと、少しは酒の力もあったのか、高城はそれほど寒そうにはしていなかった。

真二もバイクを降りた。跨ったままでは高城に失礼だと思ったからだ。

「それじゃ、また」

別れの言葉を口にするのはいつも寂しい気持ちになる。真二は名残惜しさを押し殺し、高城に別れの挨拶《あいさつ》をした。

「なんだ、帰るのか？」

高城の言葉に、関西弁のアクセントが混じる。

「もう遅いですから」

今日はまだ水曜で、高城は明日もまた通常の勤務だ。あまり遅くなれば高城の負担になると、真二は考えていた。

「そうか、当直やったんか」

残念そうな口調から、高城は真二の疲労を気遣ってくれていることがわかる。つまり、高城自身は負担を感じていないということだ。

「俺、明日は非番なんで」

真二は思い切って切り出した。

「あの、もし、高城さんがよければ」

「遅いいうても、まだ十時やろ」

高城の口ぶりから、どうやら最初から自宅に招いてくれるつもりだったようだ。

「バイク、停めてきます」

真二は急いでマンションの駐輪場にバイクを移動させた。押して歩くには真二の大型バイクは重すぎるが、今はそんなことを全く感じない。

高城の部屋を訪ねるのは、今日で五回目だ。付き合うようになって三ヶ月が過ぎ、それで五回は多いのか少ないのか、真二にはわからないが、忙しすぎる二人にとってはこれが限界だった。

エントランスから高城の部屋に着くまで、真二の鼓動は高鳴りっぱなしだった。二人の他には誰もいないエレベーターの中は静かで、心臓の音が高城に気づかれてしまうのではないかとそればかりが気になった。

すぐにエレベーターが停まり、二人はフロアーに降り立つ。高城の部屋は目の前だ。

「うちに来るの、いつぶりやったかな」

高城が鍵を開けながら、問いかけてくる。だが、真二には言葉はもう意味をなして頭に入ってこなかった。

ドアを開けた高城が先に部屋の中に入り、後に続いた真二がドアを閉める。これで二人きりだ。真二はすぐ目の前にある、姿勢のいい高城の後ろ姿を抱きしめた。

「おい、諏訪内」

高城の声が笑っている。

「さっきはつれない態度で帰ろうとしてたんやなかったか？」

冷やかすように言われる。

「それは……」

真二は腕に力を込める。高城を腕の中に感じるのは久しぶりだった。コート二枚の重ね着のせいで、抱きしめても高城の体型を感じることはできないが、高城の髪の匂《にお》いが鼻をくすぐる。

「それはなんや？」

言葉の続きを高城が尋ねてくる。真二は高城を抱きしめたまま、

「こうしてしまうことがわかってたから」

真二は声を振り絞る。興奮で口の中がカラカラに乾いていた。部屋で二人きりになって、高城に触れずにいる自信がなかった。ただ、お茶を飲んで帰ることはきっとできないとわかっていた。

「そんなことで遠慮せんでええ」

「でも、明日は仕事が……」

「知ってるやろ？　俺はそれほどヤワやない」

高城が真二の腕の中で振り返る。言葉を証明するように、真二は力を込めていたのに、高城は体勢を変えることができた。

「な？」

真二を見上げる高城の顔は、どこか悪戯《いたずら》を思いついた少年のような表情があった。高城は真二よりも四つ年上で、常に冷静で大人で、それなのに、ごくたまにこんな表情を見せてくれる。

真二がその顔に見とれていると、高城から顔を近づけてきた。

キスをされる。

そう思った瞬間に、真二は目を閉じていた。高城の唇の感触が、真二の唇に重なる。薄くて固そうに見えるのに、柔らかい。少し冷たいのはさっきまでバイクに乗っていたせいだ。フルフェイスのヘルメットでも、寒さを完全に塞《ふさ》ぐことはできなかったようだ。

真二は高城を壁に押しつけ、さらに唇を貪《むさぼ》る。とても軽く済ませることなどできない。一週間以上も高城に触れずにいた禁断症状が起こった。真二にしては、強引な態度で高城に唇を開かせ、舌を差し入れる。

少しアルコールの混じった味がするキスも、真二を酔わせる。

舌を絡め取り、唾液《だえき》まで奪い尽くそうと口中を犯す。

夢中だった。だから、高城が真二の背中を叩《たた》いているのにも、しばらく気づかずにいた。かなり強めに叩かれ、真二は慌てて高城を解放する。

「苦しいっちゅうねん」

高城は口元に溢《あふ》れた唾液を手の甲で拭《ぬぐ》う。

「がっつくな。ここでする気か」

真二をいさめながらも、高城の頬《ほお》は上気して赤く色づいている。

「すみません」

頭を下げて条件反射のように謝り、それからまた顔を上げると、頬を上気させた高城と目が合う。

「失礼します」

真二は高城を横抱きにして抱え上げた。

「おいっ、諏訪内」

高城の驚いたように呼びかける声に、

「ベッド、お借りします」

真二はそう答えて、高城を抱き上げたままリビングにあるベッドまで運んだ。腕の中の高城は暴れることなく、おとなしくされるがままになっている。つまり、了解してくれたということだ。

　高城の部屋は1LDKで、リビングともう一つ部屋が別にある。三ヶ月前まではその部屋にベッドを置き、寝室として使っていた。そこからリビングにベッドを移動させたのは、真二だ。初めて高城と結ばれたのも、このリビングだった。それまでの寝室では、隣の部屋に音が筒抜けだから嫌だと高城が言ったからだ。

　真二のために移動させたといっていいベッドに、高城を静かに下ろすと、ベッドがその重みで音を立てて軋《きし》む。

　真二も続いてベッドに上がろうとした。

「高城さん、俺が……」

　自らコートを脱ぎ始めた高城に、真二は呼びかける。

「さすがに着込みすぎやからな」

　高城の言うとおり、一枚脱いでも、まだ別のコートが残っている。

「お前も脱げや」

　高城に促され、真二も慌ててライダースジャケットを脱ぎ捨てる。見ると高城はコートだけでなくスーツまで脱ぎ始めていた。確かに冬はたくさん着込んでいて、脱がせるのに手間取る。高城はそこまで考えてくれたのかと、真二は全てを脱ぎ捨てた後で高城を見ると、高城はまだシャツを纏《まと》い、ベッドに座って、じっと真二を見つめていた。

「た、高城さん？」

真二は両手で前を押さえ、視線の意味を問いかける。

「別に隠さんでもええやろ」

「つい、なんとなく」

既に勃《た》ち上がりかけていた中心を凝視され、それが恥ずかしくて隠したのだが、高城は不思議そうにしている。

付き合い始めてから三ヶ月の間に、抱き合ったのは四回だけしかない。その間にわかったことだが、高城はセックスに関して大胆だった。仕事の厳格なイメージからは想像できないが、快楽を追うことに抵抗はないらしく、自ら求めてくることもあった。

けれど、それは回を重ねてからのことだ。初めて抱き合ったとき、高城はとんでもないことを言い出し、真二を驚かせた。恥ずかしさから殴ってしまいかねないからと、両手を縛ってほしいと言ったのだ。高城は学生時代、アマチュアボクシングのチャンピオンだった。だから、嫌だからではなく条件反射のように手が出て、それで真二を傷つけることを高城は恐れた。二度目も三度目も、高城が手を出さずに抱き合える方法を探して、そこまでしても二人は抱き合った。

「ええから、おいで」

甘い言葉で誘い、高城がベッドの上から手招きをする。真二は自分だけが裸なことが、妙に気恥ずかしく、おずおずとベッドに膝《ひざ》を乗り上げた。

つい正座してしまった真二に、高城がフッと笑う。

「礼儀正しい正座してんのに、ここが勃ってんのがおもろいな」

笑顔のまま、高城は背を丸めた。高城の顔が目指しているのは、今指摘されたばかりの形を変えた真二の中心だ。

「くっ……」

濡《ぬ》れた感触が真二を包んだ。真二は思わず低く唸《うな》る。

真二からは俯《うつむ》いている高城の表情は見えないが、高城があの形のいい口で、真二を愛撫《あいぶ》していることは、上下する頭の動きでわかる。そして、それは自身を刺激される快感に連動していた。直接的な刺激と想像で、真二の中心はすぐに限界に近づく。

痛いほどに張りつめた真二の中心は、大きすぎて高城の口では含みきれない。高城は口に含むことを諦め、舌で形をなぞり始めた。

高城がこうして主導権を握るのは、恥ずかしさをなくすためだ。されるがままでいるより、自ら動いた方が恥ずかしさが軽減すると気づいたときから、高城は積極的に動くようになった。

抱き合うことができるのなら、真二はどんな形でもかまわない。だから、高城のしたいように、高城の動きに合わせることにしていた。それに、高城は全く羞恥《しゅうち》を感じていないわけではない。今もシャツは脱がずにいるのがその証拠だ。真二に全てを晒《さら》し、興奮して反応する体を見せることには、まだ羞恥を感じるらしい。それでも、そこまでして自分を求めてくれる高城に応《こた》えるために、真二はあえてそのシャツを剝《は》ぎ取ろうとはしなかった。

「高城さん、もう……」

堪《こら》えきれずに訴えた真二に、高城が顔を上げる。

欲望に濡れた瞳が真二を誘う。

それに気づいた高城が真二に背中を向け、四《よ》つん這《ば》いになった。背中を向けるのは、真二を信頼しているからだ。この体勢では何が起きても殴ることはできない。

高城は背を向けたまま、サイドテーブルの引き出しから小さなボトルを取り出した。そして、それを後ろ手に真二に向かって突きだす。

「これ……？」

ボトルに描かれたイラストと文字が、容易にその使用目的を真二に教えてくれる。潤滑油となるローションだった。

「ネット通販で買うた」

高城は背中を向けたまま、ぶっきらぼうに答える。

「高城さんが？」

真二は驚き、状況を忘れ呆気《あっけ》に取られた。

「ハンドクリームよりは楽かなと思て」

今度もまた、高城は真二に振り向いてはくれずに答える。

真二が求めたのは、そんな説明ではなかった。真二に抱かれるために、高城がパソコンの前に座り、これを探した。そのとき、高城はどんな想いで、どんな顔をしていたのだろう。それを思うだけで、真二は嬉しすぎて幸せで泣きそうな気持ちになる。

「ありがとうございます」

真二は生真面目《きまじめ》にお礼の言葉を口にした。

「気にすんな。どっちかいうたら、必要なんは俺やから」

高城はやはり顔を向けない。

顔を覗《のぞ》き込んだりしたら、絶対に怒られる。でも見てみたい。真二はそんな衝動を必死で堪えた。

もしかしたら、高城がシャツを脱がないでいるのは、赤くなる肌を隠すためだったのかもしれない。快感で肌が上気するのは仕方ないにしても、照れで赤くなるのは気恥ずかしい。高城ならそんなふうに思っていそうだ。

真二は早速、そのローションを手のひらにたっぷりと垂らした。完全な液体ではなく、滑った感触がする。これなら、ハンドクリームよりも挿入を楽に助けてくれるだろう。

高城は四つん這いで真二を待ってくれている。

真二は目の前にある、形のいい双丘に左手を添えた。窪《くぼ》みにそって濡れた指を滑らせ、秘められた奥を探し当てる。

高城の体が一瞬、僅《わず》かに震えた。

無意識の緊張でひくつくそこに、真二は滑りを借りて、人差し指の先端を滑り込ませる。

「くぅっ……」

久しぶりの感触に、高城が呻《うめ》く。

本来、そこは受け入れる器官ではない。経験があっても、間隔が空《あ》いてしまえば、体も前の経験を思い出すのに時間がかかる。

真二は焦らず、慎重に少しずつ指を中に押し込んだ。

熱くて狭くて、真二の指を包み込む感触は、真二の中心を興奮で熱くさせた。逸《はや》る体を抑え、真二は強《こわ》ばった高城を解《ほぐ》そうと中を指で探る。

「やっ……あぁ……」

高城が背をしならせる。真二の指が奥を探し当てたからだ。真二はすかさずそこを指の先で突く。

「アホぅ……、そこは……ええから」

体を震わせながら、切れ切れに高城が訴える。

「でも……」

快感を与えていた方が、広げられる苦痛を紛らわせることができるはず。真二にしては珍しく高城の意見にすぐには従えずにいた。それでも指を動かすことだけはやめ、高城の言葉を待つ。

「一人でイキたない」

短い言葉の中に、高城の想いが込められている。いくら鈍い真二でも、その想いは充分に受け止められた。

真二は高城をあまり高ぶらせすぎないように、解すことに集中する。傷つけたくはないから、どうしても慎重になりすぎ、焦れたように高城が腰を揺らめかす。

指を三本に増やしても、高城の中は拒まなかった。

「もう、いいですか？」

問いかけに高城はコクッと頷《うなず》いた。

真二は指を引き抜くと、高城の細い腰を摑《つか》んだ。中心はさっきから固く勃ち上がったままだ。その先端を押し当て、ゆっくりと高城の中に入っていく。

「うっ……」

真二の大きさに、高城が小さく呻いた。

だが、高城は言葉でも態度でも真二を拒んではいない。この最初の苦しさだけを我慢すれば、すぐに快感がやってくることを知っているからだ。真二も少ない経験ながら、それはわかっている。動きは止めずに、慎重に腰を進めた。

全てを収めるまで、ひどく長い時間がかかったような気がする。この季節にエアコンをつける余裕もなく裸になったものの、寒さを感じるどころか、うっすらと汗ばみ始めた。触れあった体から、高城も同じように熱くなっていることが伝わってくる。

「大丈夫ですか？」

高城の背中に真二は問いかけた。最初に呻いたきり、高城はずっと息さえ堪えているかのように、何も発しなかった。

「平気や」

そう言って高城はようやく首を曲げ顔を覗かせてくれた。

上気した頬、潤んだ瞳、全てが真二を誘っていた。真二はゆっくりと腰を使い始める。

「あ……はぁ……」

高城が甘い声を上げた。

真二が腰を使うたびに高城の体は揺れ、シャツが少しずつ捲《めく》れていく。腰は露《あら》わになり、背中も半分以上、姿を見せる。

真二は腰の動きは止めず、右手を前に伸ばした。この体勢では見えない場所にある胸の飾りを探し当て、突起を指で挟んだ。

「はぁ……んっ」

高城が綺麗な背中を反らせ、真二を締めつけた。

奥を突かれながら、敏感になった胸を攻められる。押し寄せる快感の波に、高城は自身の体を手で支えきれず、シーツに顔を埋《うず》めた。シャツは肩まで捲れ上がる。

真二が一目惚れしたまっすぐな背中が全て露わになった。

顔を見られないのは寂しいが、真二は大好きなこの背中を抱きしめる。真冬なのに汗で滲《にじ》んだ互いの肌が馴染《なじ》んでいく。

「も……うっ……」

高城が熱い声を詰まらせる。

その声に応えるために、真二が高城の中心に手を伸ばすと、先走りで濡れた感触がした。すでに限界を訴えている。

真二は右手で高城を擦《こす》り上げ、さらには自身で激しく突き上げる。

「あ……くぅっ……」

ほとんど同時に二人は達した。

高城が荒く呼吸を繰り返しているのを、真二はその背中の上下する動きで教えられる。

真二がゆっくりと自身を引き抜くと、高城はそのままベッドに突っ伏した。

「大丈夫ですか？」

無理をさせてしまったかと、真二はおそるおそる尋ねた。

「ああ、なんともない。ちょっと頑張りすぎただけや」

体を休めるためにか、高城は目を閉じる。

このままでは高城が眠ってしまいそうだ。できれば真二も隣で眠りたいのだが、勝手に寝てしまっていいものか迷う。

「泊まっていけ」

高城が目を閉じたまま、命令した。真二の迷いなど見なくてもわかるらしい。

「はい」

真二は全身で嬉しさを表し、高城の隣に潜り込んだ。

私生活が充実していると、仕事にも張りが出てくる。真二はありあまるパワーを仕事にぶつけていた。

「お前は本当にわかりやすいな」

隣を歩く村川が呆れたように言った。

聞き込みに向かっている最中だった。車を停められる場所から遠いため、二人は歩きを余儀なくされていた。

「何がですか？」

どうみても上機嫌の顔で、真二は問い返す。

高城と食事をし、高城の肌を感じたのは二日前のことだ。昨日、真二は夜勤明けの非番だったが、高城は仕事がある。泊まることを許されたもののゆっくりはできないと、真二は翌朝出勤する高城と一緒に部屋を出るつもりだった。ところが、真二は夜勤明けの疲れで寝過ごしてしまった。目覚めたとき高城の姿はなく、代わりに好きなだけ寝ていていいと書かれたメモが残されていた。真二がそのメモを読んだのは昼前だった。メモと一緒に鍵も置かれていたから、帰ることはできた。だが、朝ご飯として、高城が作ってくれた食事を昼食に取

2

った後も、帰りがたくてそのまま部屋にいた。結局、九時近くに帰ってきた高城を出迎えた。高城は呆れつつも、嬉しそうに笑ってくれた。その笑顔を思い出す度《たび》、真二は笑ってしまう。昨日は何もせずに帰ったが、高城を出迎えられただけで嬉しかった。

「うまくいってるようで何よりだがな」

「ありがとうございます」

真二は素直に礼を言った。

村川は真二に恋人がいるらしいことは知っている。真二の態度で丸わかりだからだ。

「結婚とか、考えてるのか？」

村川が何気なく尋ねてきた。

「結婚？」

真二はきょとんとして首を傾げる。

「二十五なら、まだそんな歳じゃないってか？」

「あ、いや、そうじゃなくて、男同士で結婚できましたっけ？　アメリカならできたんだったかな」

後半は独り言のように真二は呟《つぶや》く。

それまでは自分が同性と付き合うことを考えていなかったから、同性結婚が可能かどうかを考えたこともなかった。

「今、とんでもないことをさらっと言いやがったな」

村川は呆気にとられた顔をしている。

「お前の恋人ってのは、男なのか？」

確認を取るように村川が尋ねる。

「そうです」

真二ははっきりと肯定した。

相手が高城であることは、高城のために隠しておいた方がいいのかもしれないが、男と付き合っていることは、自分のことだから隠さなくてもいいと真二は判断した。

「隠さないのはお前らしいが、そのことに関しては、正直すぎるのもどうかと思うぞ」

村川は少し声を潜《ひそ》めた。

「お前にしろ、相手にしろ、社会的立場ってもんがある。世間ってのは、それほど寛容じゃないからな」

「寛容じゃないって、どうなるんですか？」

真二は納得できない顔で尋ねた。

「おもしろおかしく妙な噂《うわさ》を立てられて、職場にいられなくなったりとかな」

「そんなことあったんですか？」

真二が知らないだけであったのかもしれないと問いかけると、

「俺も警察に入って長いが、署内でそんな噂が出たことはない。ただな、そんな噂が事件の発端になったことはあった」

村川はそう言って、過去に遭遇した事件の詳細を教えてくれた。

男同士で社内恋愛していたカップルが別れ話のこじれから、社内に知られることになり、双方共に会社にいられなくなった。そこから刃傷沙汰《にんじょうざた》にまで発展したという。

「それは、男女でもあることなんじゃないですか？」

「男女なら、噂話もそこまで広がることはなかっただろう。そうすれば、刃物を持ち出すこともなかったはずだ。噂の届かない場所に双方を転勤させてしまえば、解決することだ」

真二は噂のせいで高城が異動になったことを思い出す。高城に非はなく、セクハラしてきた男の上司を殴り飛ばしただけだ。だが、おもしろおかしくついた噂の尾ひれのせいで、転勤せざるをえなくなった。

「隠し事はお前の性《しょう》に合わないだろうが、彼女、いや、彼氏か、のことは大事なんだろう？」

「もちろんです」

真二は胸を張り言い切った。

村川は呆れたように溜息《ためいき》を吐《つ》いた。

「だったら、彼氏のために黙っててやるんだな」

村川なりに真二を気遣ってくれていた。真二が隠さないで打ち明けたことに対する、村川の誠意だった。

「この話はこれで終わりだ。興味がないわけじゃないが、聞き過ぎるとうっかり喋《しゃべ》ってしまいかねない」

つまり、村川は誰にも喋るつもりはない、秘密は守ると言ってくれている。村川は真二の衝撃の告白を聞いた後も、態度を変えることはなかった。

ちょうど目的の場所が見えてきた。プライベートな話を打ち切るには絶好のタイミングだった。

それから数時間は仕事に没頭した。足を棒にして歩き回り、聞き込みを終え、二人は夕方になってから署に戻った。その間、村川は一度もさっきの話を蒸し返すことはなかった。

すっかり通い慣れた署の中を歩き、真二は刑事課のドアを開けた。

「ただいま、戻りました」

元気よく入った真二に答えはなかった。誰もいないわけではない。課長の西越も同僚刑事たちも何人かは席に座っている。

「何かあったのか?」

課内の重い雰囲気に村川も気づき、自分のデスクに座っていた田坂に尋ねた。

「有野《ありの》に弁護士が接見に来たんですよ」

田坂が苦々しげに答える。

「親が呼んだか……」

村川も顔を顰《しか》める。

有野とは真二たちが殺人事件の重要参考人として勾留《こうりゅう》している男だ。

事件は一昨日の午後四時前に起こった。営業先から帰社途中の三十二歳のＯＬが、公園で刺殺された。死体発見は早く、現場に駆けつけた田坂が、付近を不審な様子でうろつく男を連行した。それが有野基治《もとはる》だ。田坂によって署に連行された有野は、その日は名前と二十五歳という年齢と、それに大阪の住所だけは話したが、後は興奮した様子で、意味のない独り言を呟くだけだった。

昨日、有野の身元調査の報告が大阪府警から届いたばかりだ。相当な資産家の息子で、どうやら親が金に物を言わせて、有力な弁護士を雇ったと考えられる。

大阪在住の有野が、わざわざ横浜に出てきて殺人を犯した理由はまだわかっていない。真二と村川が聞き込みに出かけたのも、この事件の捜査だった。

「大阪府警に問い合わせてみたら、相当の遣《や》り手の弁護士らしいです」

田坂がもらったばかりの名刺を村川に見せた。

真二も村川の背中越しに、その名刺を覗き見る。大阪市内の住所の下に、里見健作《さとみけんさく》という弁護士の名前が記されていた。

「それで、その仏頂面《ぶっちょうづら》は？」

村川がさらに尋ねる。ただ弁護士が訪ねてきたというだけなら、よくある話で、ここまで雰囲気が重くなることはない。

「弁護士が帰った途端、完全黙秘ですよ」

田坂は溜息混じりに答えた。

「それまでは喋ってたんだろう？」

「さあ、今から取り調べを始めようかってときを狙って、弁護士がやってきましてね。昨日からほとんど進んでません」

有野の取り調べは田坂と近藤が担当していた。一昨日、有野を連行してから今日まで取り調べは続けていたとはいえ、容疑者も食事や睡眠を取る。実際、初日は署に戻ったのが夕方近くだったために、名前や住所以外を聞き出すまでには至らなかった。真二が非番だった昨日は、有野が体調不良を訴え、病院に行くことになり、ほとんど取り調べは進んでいなかったという。やっと今日になり、気持ちを入れ替え、取り調べを始めようとしたところへ、朝一番からの弁護士の登場で、聴取はさらに中断された。

「黙秘を始めたところで、奴が犯人に違いないんですよ」

忌々《いまいま》しげに田坂がぼやく。

有野が弁護士に入れ知恵をされたことは間違いない。犯人であったとしても、証言の仕方一つで裁判の進め方も違ってくる。おそらく接見のときに、弁護士は有野に迂闊《うかつ》なことを喋らないよう釘《くぎ》を刺したのだろう。

「ぼやく前に、まず証拠だ」

そう言ったのは刑事課長の西越だった。それまで黙って田坂たちの話を聞いていたが、おもむろに口を開いた。

「確実な物証があれば、奴の証言がなくても逮捕状を請求できる」

「時間の問題ですよ」

田坂がなおも言いつのる。

「目途《めど》でもあるのか？」

「それは……」

西越に厳しい口調で尋ねられ、田坂が言葉を詰まらせた。他の刑事たちも何も言えなかった。真二が聞き込みに出掛けていたのも、物証を見つけるためだった。

当初、事件はもっと早くに解決すると思われていた。犯人と思われる有野を即日重要参考人として勾留することができたから、昨日も真二の非番が取り消されることはなかったのだ。だが、現実には物証が上がらず、捜査は難航していた。

昨日から今日にかけての捜査で、有野が事件発生の数時間前に大阪から新幹線で新横浜に来ていたことがわかった。さらに、殺害現場である公園にもっとも近い桜木町の駅で、嫌がる被害者につきまとっていた有野の姿も目撃されている。

だが、摑めている事実はそれだけだ。今のところ、被害者と有野を結ぶ接点は見つかっていない。だからこそ、自供が欲しかった。

「村川、戻ったばかりで悪いが、島内《しまうち》検事のところに行ってくれるか」

西越が立ったままの村川に言った。

「弁護士が来たことの報告ですね」

村川はすぐに西越が言わんとすることがわかった。

「それもあるが、実は今日明日にでも逮捕状を取って、そっちに送致できると言ってしまってたんだ」

村川は苦笑いを浮かべる。真二が休みだった昨日のうちに島内が担当検事に決まり、西越は島内に対して、署に出向いてもらわなくても、すぐに検察庁に送致できそうだと言ったらしい。

「この調子だと逮捕状の請求自体も遅れそうだ」

「わかりました。送致が遅れるってことも伝えておきます」

「すまんな」

西越と村川は、この刑事課内で一番付き合いが長い。気心が知れているし、詳しい説明をしなくても村川ならわかってくれると西越は信じている。真二はいつか自分もこんなふうに仕事で信頼される人間になりたいと、この二人を見ていていつも思う。

「行くぞ、諏訪内」

村川に連れられ、真二は検察庁に向かった。

真二たちの署から検察庁までは、充分徒歩圏内だ。車の出し入れをし、市内の混んだ道路を走ることを思えば、歩いた方が早い。

検察庁には何度も足を運んでいるが、仕事ではなく、高城を迎えに来たことの方が多いから中に入ったのはたったの二回きりだ。そのときも村川に連れられ、ただ検事室で横に座っていただけだった。

今日もまた、真二は島内検事の部屋で、村川が話すのを聞いていた。

「そうですか、弁護士が」

村川の話を聞き終えた島内検事は、それも想定内のことだったように答えた。島内は四十代後半で、眼鏡《めがね》をかけた恰幅《かっぷく》のいい紳士だった。高城とはタイプが違い、優しげな風貌に穏和な話し方をする。

「里見弁護士とか言いましたね」

島内が考えるような仕草を見せる。

「大阪の弁護士です」

村川は島内の考えを助けるように言った。

「残念ながら、私はその弁護士のことを存じ上げないのですが、高城検事に聞いてみましょう。評判はどうなのか」

ふいに出た名前に、真二は胸が高鳴った。

高城は大阪の人間だ。横浜地検に来る前は大阪高検で働いていたから、大阪の弁護士には詳しいだろう。

「お願いします」

頭を下げる村川に釣られ、真二も頭を下げる。

「とりあえずは今の捜査を続けてください。できれば、弁護士が不当勾留だと騒ぎ出す前に物証を挙げていただけるとありがたいのですが」

島内は穏やかな口調を崩さなかった。

「頑張ります」

必ず見つけ出すという思いを込めて、村川が答えた。それからすぐ、二人は捜査に戻るため、島内の部屋を後にした。

たった二回入っただけでは、同じような部屋の並ぶ内部はわかりづらい。このフロアーには各検事の部屋が並んでいる。真二は視力のよさを生かして、ドア横に取り付けられたネームプレートを順番に目で追った。探すのはもちろん高城の名前だ。

いくら視力二・〇でも、小さな名前を読み取るのは難しく、村川の二つ隣の部屋まで見るのが精一杯だった。しかも、真二たちはすぐに帰らなければならない。真二がそんなことをしているとは知らない村川は早足で歩き、そのスピードでは遠ざかるプレートはとても読み取れるものではなかった。

偶然の出会いは諦めるしかないかと真二が思ったとき、ここでも真二の強運は発揮された。三つ向こうのドアが開き、高城が姿を現した。

「ああ、どうも、お疲れ様です」

すぐに真二たちに気づいた高城が近づいてきて、真二にというよりは、年長の村川に向かって軽く会釈し、挨拶した。

「島内検事のところですか？」

挨拶を返した村川に、高城が真二たちの歩いてきた方角から推測して、確認を取るように問いかける。

「例の殺人事件で」

村川はそう答えてから、

「そうだ、高城検事は大阪の里見弁護士をご存じですか？」

島内が聞いてくれると言っていたが、偶然会ったのだから聞いてしまえばいい。そう思ったのだろう、村川が切り出した。

「里見先生ですか……」

高城が呟くように言った。その声には全く見知らぬ名前を呟くような響きはなかった。もしかしたら高城が知っているのでは、という島内の予測は当たったようだ。

「ご存じですか？」

高城の様子に村川も気づき、重ねて尋ねた。

「大阪の弁護士会ではご高名な方です。私も何度か裁判でやり合ったことがあります」

「どんな方なんです？」

「なかなか手強《てごわ》いですよ」

高城がその当時のことを思い出したのか、小さく笑った。

「大阪地検でも高検でも、里見の名前を聞くだけで、検事たちは顔を顰めると言われていますから。私も例外ではありません」

「高城検事にそこまで言わせるなんて、私たちは相当頑張らないといけませんね」

村川は苦笑いしながら言った。

高城の厳しさは身を以《もっ》て知っている。その高城から手強いと聞かされれば、気を引き締めざるを得ない。

「ところで、先生はお一人でしたか？」

今度は高城から尋ねてきた。仕事中の高城が世間話で足を止めるのは珍しいことのような気がして、真二は不思議に思いながら、高城と村川の会話を聞いていた。

「いえ、若い弁護士と一緒だったそうです」

「お二人は会われていないのですか？」

高城が意外そうな顔をする。

「生憎《あいにく》と、私たちは聞き込みに出ていましたので」

村川の答えに高城が何か考え込む仕草を見せた。

「それが何か？」

高城の表情に気づいた村川が尋ねる。

「いえ、なんでもありません。里見先生の事務所は人が多いですから」

高城にしては珍しく、歯切れの悪い答え方だった。

真二は高城の態度が気になったが、偶然とはいえ、高城に会えたことが嬉しかったし、それに村川の前でなれなれしい態度を取るのも高城に対して失礼だと思い、そのことを尋ねることはしなかった。

「それでは、私はこれで失礼します。頑張ってください」

遣り手弁護士と対決する真二たちにエールを送り、高城はいつものように背筋をピンと伸ばした姿で立ち去った。

「なんだか、曰《いわ》くありげだな」

村川が高城の後ろ姿を見ながら呟く。

「なかなかどころか、とんでもなく手強いんじゃないだろうな」

高城の不自然な態度を、村川はそう解釈したようだ。嫌そうに顔を歪《ゆが》める。

「でも、弁護士さんなんて、俺たちとそんなに関係あるんですか？」

真二の素朴な質問に、村川が溜息を吐く。

「まあ、白バイから来て日も浅いからわからないだろうが、とにかく、弁護士が出張《でば》ってくるとやりづらいんだよ。何かといえば、人権侵害だなんだと騒ぐし、あげく、被疑者に入れ知恵して、今回みたいに黙秘させたりしやがる」

「だったら、早く証拠を見つけないと駄目ですね」

真二は俄然《がぜん》やる気を出した。高城に励まされたばかりだ。気合いの入り方が違う。そんな真二を、村川が呆れたように見ていた。


聞き込みに走り回っていても、署に顔を出さないことはない。翌日、真二は朝一番から目撃者捜しに奔走し、一度署に戻ろうと村川と二人で帰ってきたときには、午後の三時を過ぎていた。

刑事課に向かう途中、トイレの前を通りかかり、そういえば朝出かける前に済ませたきり、一度も用を足していなかったことを思い出した。

村川に断り、約半日ぶりのトイレを済ませる。刑事という仕事は、なかなか思うようにトイレに行けないことも多いので、体が自然とそれに馴染んできたようだ。

村川は既に課に戻っている。真二が一人で署の廊下を歩いていると、見たことのない若い男が階段を上がってくるところだった。

刑事課のある二階は、一般の人間の出入りはそれほど多くない。どこに用があるのだろうと、真二はなんとなくその男を見つめていた。

身長はさすがに真二よりは低いが、それでも百八十近くありそうだ。目鼻立ちのはっきりとした派手な顔立ちは、明るく色の抜けた髪とよく合っていた。色恋に鈍い真二にでも、こんな男ならさぞもてるだろうと思うほどにいい男だった。

真二の視線に気づいたのか、男が真二に顔を向け立ち止まる。

「失礼ですが、刑事課の方ですよね？」

意外な言葉がかけられた。自分でも認めていることに、真二の風貌は決して刑事らしくはない。初対面の人間から刑事だと思われたこともなかった。

「そうですけど」

真二は不思議に思いながらも頷く。

「弁護士の高城《たかぎ》優弥《ゆうや》といいます」

そう言って若い男は名刺を差し出した。

「どうも、刑事課の諏訪内です」

真二も慌てて名刺を取り出し、同じように優弥に差し出す。

互いの名刺を交換し合ってから、

「今回の事件では、有野さんの弁護を担当することになりました」

男の言葉に、真二はようやくどうして自分が声をかけられたのかがわかった。

名刺には大阪の住所の里見弁護士事務所の名前がある。真二たちが担当する事件の容疑者の弁護士なら、挨拶をしてきてもおかしくはない。それに、最初に優弥が刑事課に来たときは、生憎と真二は留守をしていた。だから改めて挨拶をするとは、派手な外見に似合わず、優弥は律儀《りちぎ》なところがあるのだろうか。

「昨日も刑事課に来られてたそうですね」

真二は親しげな笑顔を浮かべて言った。

優弥の言葉はアクセントが関西弁だった。しかも、高城と同じ姓だ。親近感が湧かないはずがない。

だが、帰ってきたのは、敵意剝《む》き出《だ》しの厳しい視線と言葉だった。

「警察は今回の事件では、有野さんを頭から犯人やと決めつけてはるようですが、物証もない現状で、これは不当な勾留だとは思いませんか？」

早口でまくし立てられ、真二は呆気にとられ、すぐに言葉が出なかった。

「ですから、その点についてどのようにお考えかと」

返事のないことに焦れたように、優弥が真二に詰め寄る。

「その話でしたら、課に戻って」

廊下でする立ち話でもないし、それに、刑事になって日が浅い真二には、はっきりと答えられるだけの知識がなかった。ここで迂闊《うかつ》なことは口走れば、他の刑事たちに迷惑がかかるかもしれないと、真二は刑事課に戻ることを提案した。

「いえ、時間がありませんので、また改めさせていただきます」

提案は受け入れられず、優弥は険しい顔のまま、階段を駆け下りていった。

真二はただその後ろ姿を見送るしかなかった。怒っているのか、肩をいからせ、かなりの早足で優弥は真二の視界から消えていく。

優弥が完全に見えなくなってから、真二は急いで刑事課に駆け戻った。

真二が村川を目で探すと、村川は自分の席で新聞を読んでいる。

「いま、そこで弁護士さんに会ったんですけど」

真二はそこに近づいて行き、情けない声で報告する。

「例の遣り手弁護士か？」

村川が新聞から顔を上げ、問いかける。

「いえ、若い先生のほうです」

名前が違うから、名刺をもらわなくても里見でないことは真二にもわかった。

「ここには来てねえぞ」

担当弁護士が、刑事課に顔も出さずに帰る。その不自然さに村川は顔を顰めた。そういえば、さっき優弥は階段を上がってきたはずだ。それが真二と少し話しただけで、階段を下りて行った。まるで真二と話すことが目的だったと言わんばかりだ。

「なんて言われた？」

「有野の勾留は不当だと言われました」

真二はさっきの会話を思い出しながら答えた。

「それをなんでお前に言うんだ？」

村川がさらに不思議そうにする
「わかりません」

真二も首を傾げる。

「一人だったのか？」

「そういえば、一人でした」

思い返してみても、近くに人の気配はなかったし、帰るときも優弥は一人で階段を下りていった。

「それもまたおかしな話だな」

二人で首を傾げていると、課の電話が鳴りだした。本来なら一番新人の真二が電話に出るようにしているのだが、村川と話していることを気遣ってくれたのか、電話近くにいた田坂が受けた。田坂は一言二言受け答えをした後、

「課長、高城検事からお電話です」

大声で机に座っている西越を呼んだ。

高城という名前に反応して、真二は視線ごと意識を西越に向ける。村川との話の途中だったが、村川も気になったらしく西越に注目している。話は自然と中断された。

「そうですか、いえ、こちらこそ、よろしくお願いします」

西越が電話を切るやいなや、刑事たちは西越の机の周りに集まった。高城からの電話でそれほどいい話が来たことはなかったからだ。どの事件の捜査のやり直しだろうかと、誰もが記憶を辿っているのが、その表情でわかった。

「有野の勾留について、弁護士から正式に抗議が来たそうだ」

周囲に集まった刑事たちに、西越が電話の内容を伝える。

「あるだろうとは思いましたが、それをどうして高城検事が?」

今回の事件の担当は高城ではなく、島内だ。電話をしてくるのなら島内がしてくるべきだ。その意味を込めて村川が尋ねた。

「今日を以て、高城検事が担当になったそうだ。今の電話はその挨拶も兼ねていた」

西越の言葉で刑事たちの間にざわめきが広がった。田坂などは大げさな溜息まで吐いている。

高城は横浜地検に着任して以来、真二たちのいる横浜中署の管轄内で起こった事件に何度か担当検事となっていた。その度ごとに、重箱の隅を突《つつ》くような事細かな捜査を求められ、他の検事よりも相当の気力体力、それに忍耐力までを必要とされた。誰もがそれを思い出さずにはいられなかった。

「後ほど、こちらに出向くとのことだ」

「また、捜査のやり直しですか？」

田坂が若干の不満を言葉に込める。

「そうは言ってなかったが、実際、言われても仕方ないだろう。今までと同じやり方では、物証が出せていないんだ」

西越の正論に、誰も異論を唱えられなかった。

事件が発生して今日で四日が過ぎようとしている。重要参考人の有野は黙秘を続け、肝心の事件の目撃者も見つからず、物証も挙がっていない。事件発生当初から何一つ進んでいない状況だ。

「新しい観点から、事件を見つめ直すいい機会かもしれないな」

西越は刑事たちの不満を制するように言った。

事件を早期解決したいという気持ちは誰もが同じだ。何かきっかけがあり、それで事件を解決する手助けになるのなら、不満を言っている場合ではない。

「夕方になってもいいかと言っていたから、五時を過ぎるのは確実だろう。それまでは、引き続き今の捜査を続けてくれ」

高城の到着が何か捜査の進展のきっかけになるかもしれないとはいえ、それまで悠長に待っているわけにはいかない。真二たちはそれぞれの持ち場へと戻っていく。

真二と村川に与えられたのは、目撃者捜しと凶器の捜索だ。被害者を刺したとされるのは、解剖の結果、小型のナイフのようなものだとわかった。犯人は被害者を刺した後、それを抜き取り持ち去っている。だが、逮捕された有野は所持していなかった。どこかに捨てたものと考えられるが、現場となった公園からは発見できていない。公園から有野逮捕の現場までの道のりの間でも、今のところ見つかっていない。

実際、捜索するのは鑑識で、真二たちは有野の詳細な逃走経路を周辺住民に聞き込みをしていた。詳細な道筋がわかれば、自然と凶器の隠し場所も絞られてくる。

午後四時十分前になった。そろそろ実際の犯行時刻と同じ時間帯になる。真二たちはこれを待っていた。聞き込みをするにも同じような時間帯で行う方が、生活サイクルが揃《そろ》い、出歩いている人も、そのときと同じ人に出会える可能性が高くなる。

一つでも多くの証言を得ること。そのために真二たち刑事は、課を飛び出していった。

真二たちがさらなる聞き込みを終えて、署に戻ってすぐだった。高城が事務官を伴って刑事課にやってきた。

いつものように背筋の伸びた綺麗《きれい》な姿勢で、高城は颯爽《さっそう》と登場した。その姿はまるで、事件解決に乗り出してきた探偵登場のシーンのようだと、真二はほれぼれとして愛しい人を見つめる。

高城はそんな真二の視線に気づかないのか、一度も真二の方を見ようとはしなかった。挨拶もそこそこに、ツカツカとホワイトボードに近づいていく。そこには事件のあらましが書いてあり、関係者の写真が貼ってあった。

「早速ですが、もう一度、事件を整理してみたいと思います」

刑事たちの視線を浴びながら、高城は毅然《きぜん》とした態度で言った。

「里見先生の仰《おっしゃ》るとおり、物証のない、動機もわからないままでは、自白を強要するための不当勾留だと言われても仕方ありません」

高城は有野の写真を指さして、

「容疑者の有野基治は大阪在住ですが、横浜に来た目的は？」

「相変わらずのだんまりで、まだ不明です」

答えたのは終始取り調べを担当している田坂だ。

「こちらに知り合いがいるということは？」

高城が重ねて尋ねる。

「現段階ではわかっていません。有野は生まれてから現在に至るまで、大阪の実家から住居を移したことはありません。中学の修学旅行で横浜に来たことはあるそうですが」

答える田坂も、それが何か繫《つな》がりがあるとは思っていない口ぶりだった。

「彼は大学を卒業していますね」

高城は資料も見ずに言った。急に担当になったというのに、もう有野の略歴まで覚えてきている。

「大阪市内の私立大学です」

「そのときの友人知人の中に横浜出身者はいませんか？」

大学なら地方からたくさんの学生が集まる。高城は万に一つの可能性を指摘した。

「当たってみます」

すぐに答えたのは、有野の交友関係を探っている近藤だ。

「凶器はまだ発見されていなかったんでしたね」

「まだです。周辺はくまなく探しているんですが」

これに答えたのは村川だった。鑑識も総出で、死体発見現場から有野が逮捕された場所まで、捜索範囲を広げているが、今日の捜索でも凶器のナイフは発見できなかった。

「捜索範囲をもっと広げてみた方がいいかもしれません。地図を貸してください」

高城の指示に真っ先に真二が動いた。現場付近の詳細な地図は自分の机に置いてあった。

それを手にして、高城の元に急いで戻る。

「ここに貼り付ければいいですか？」

真二はホワイトボードを指さす。

「ああ、ありがとう」

高城は至って事務的に答えた。仕事場での高城からは、二人だけのときに見せる甘い雰囲気は全く感じられない。関西弁のイントネーションもどこにもなかった。当然のことなのに、真二は少し寂しく感じた。

真二はホワイトボードを裏返し、そこに地図を貼り付けた。

「この印のある場所が、捜索をしたところですか？」

高城が地図を見ながら言った。

現場周辺の地図には、赤いペンで囲み斜線を記した箇所がある。真二たちがくまなく捜索した場所だ。同じ所を探さないよう、こうやって済んだ場所から印をしていくことになっている。

「そうです」

村川が頷く。

高城は地図を見てじっと考えている。

「有野が逮捕されるまで、どれくらいの時間がありましたか？」

「死体発見が早かったので、周辺の聞き込みから、およそ三十分くらいかと」

村川の返答に、高城は再度地図に目を遣った。

「殺害現場から、有野確保の場所まで約一キロ。成人男性の足でそんなにかかるものでしょうか？」

「ぼんやりとしていたそうですので、歩くのも通常より遅かったのでは？　人を殺した直後なら呆然《ぼうぜん》としていても不思議はないと思いますが」

田坂の説明には納得できるものがある。真二もそれは不自然ではないと思っていた。

「凶器を隠す余裕はあってもですか？」

高城の指摘に、田坂が言葉に詰まる。

「計画的ではなく咄嗟《とっさ》の犯行だとしたら、凶器の隠し場所など考えているはずもなく、きっと持て余したはずです」

「隠したなら余裕があったのかもしれませんが、ただ捨てただけなら？」

田坂が可能性を口にする。

「余裕なく簡単に捨てたのだとしたら、もっと早く見つかってもいいと思いませんか？」

高城は凶器探しを担当している村川に向かって尋ねた。

「確かにそれは言えるかもしれません」

村川も高城の意見を認めた。これだけくまなく探しているのだ。ぼんやりと歩きながら、一刻でも早く凶器を手放したい思いだけで捨てたのだとしたら、見つからないはずはないと真二もそう思えてきた。

「だとしたらどうなりますか？」

ようやく西越が口を挟んだ。

検事が出てきたときは、捜査指揮を任せることにしているためか、基本的に西越は口を挟まないようにしているらしい。

「あくまで仮説ですが、発作的な犯行なのに、ナイフを使ったということは、有野は常に持ち歩いていたということになります。つまり、自分の持ち物だから、残していけばそこから足がつく。犯行を終えた有野がまず考えることは、凶器をどうやって始末するかではないでしょうか」

理路整然とした話しぶりだ。皆、黙って耳を傾けている。

「とにかく、有野は凶器を隠すに最適な場所を探した。ようやく隠し終えたとき、人間の心理として」

「遠くに離れようとする」

真二は思わず声を上げていた。

高城にチラリと視線を投げて寄越《よこ》し、村川には肘《ひじ》で腹を突かれる。高城の話を遮ったことを注意するためだ。

「田坂刑事が有野の身柄を確保したのは、その逃げた先だったのではないかと私は考えています」

「ということは」

村川が地図に近づき、

「公園を挟んで反対側」

地図上の場所を指さす。

「土地勘があればそうでしょうが、もし全くなければ、逃げようとして迷ったとも考えられます」

「確かに、あの辺りは住宅街が近くにあって、少し入り組んでますからね」

地図上でもそれは明らかだ。道路は斜めに走っていたり、一方通行の細い通りも多い。真二たちも聞き込みに行く際、駐車場を探すのに一苦労だった。

「実際に確かめてみたいんですが」

高城は西越に許可を求めるように言った。

「だったら、俺が走ります」

真二は勢い込んで手を挙げた。

「君では歩幅が違いすぎるだろう」

高城が呆れたように言った。百八十五センチの大柄な真二では、ゆっくり歩いても一歩が大きい。

「有野の身長は？」

西越が誰にともなく尋ねた。

「百七十そこそこでしたね。近藤と同じくらいじゃないですか？」

田坂が思い出しながら答える。調書に身長体重までの記載は必要ないから、目測でしかわからない。刑事課の中で一番背の低いのが近藤で、百七十一センチだ。

「それでは、近藤さん、お願いできますか？」

「今からですか？」

指名された近藤は驚いて問い返す。

もう夕方の六時を過ぎている。冬のこの時期は、暗くなるのが早い。街灯なしでは何も見えないほどになっている。

「走って距離を測るだけなら、街灯の明かりがあれば充分でしょう。それに、みなさんは土地勘がありますから、迷うこともありません」

高城の中で今から現場に向かうことは、もう決定事項になっていた。

「行くか」

苦笑混じりに言ったのは村川だった。

その言葉を合図に、刑事課ほぼ全員が夜の街へと繰り出した。

車二台に分乗して、現場まで向かった。

公園に着き、高城の指示で近藤が走り回る。高城はここでも緻密《ちみつ》な実験を要求した。公園に通じる道路全てに近藤を走らせた。途中で道が分かれれば、もちろん、全ての方角に走るよう要求する。

二時間の実験の結果、往復の時間を割り出し、そこから逮捕現場まで戻ってこられる時間を割り出した。

「こうすると、ずいぶん範囲が広がりますね」

公園の街灯の下で、高城と刑事たちは地図を見下ろす。今の実験結果をふまえ、高城が死体発見現場を中心に円を描いていた。最初の捜索範囲の三倍以上に広がった。

探すのは小さなナイフ一本。気の遠くなる作業だ。それは言い出した高城もよくわかっている。

「大変だと思いますが、よろしくお願いします」

高城は真二たち刑事に向かって頭を下げた。

「何、これが私たちの仕事ですよ」

なんてことはないと村川が答える。

ドラマのような派手な逮捕の瞬間など、ほんの一瞬だ。多くはこうした地道な捜査が延々と続く。

「高城検事、そろそろお戻りになった方が」

一緒に付いてきていた事務官が、控えめに呼びかけた。

「もうそんな時間ですか」

若干《じゃっかん》、残念そうに高城が答える。

「お忙しそうですね」

誰もが思ったことを村川が代表して尋ねた。

「このあと、打ち合わせが残ってるんです」

「それはまた」

村川の口調も同情がこもる。もうすぐ九時になろうとしているのに、まだ仕事が残っていると言う。検事というのも楽な商売ではないと、どこか連帯感のようなものがこの場に生まれた。

「後は私たちに任せて、どうぞ、検察庁にお戻りください。諏訪内、お送りしろ」

村川が真二に命じる。高城はここまで、近藤の運転する車に乗ってきていた。誰かが送り届けなければ、高城たちには検察庁まで戻る足がない。

「いえ、大丈夫です」

高城がきっぱりと村川の申し出を辞退した。

「私たちはタクシーを使いますので、お気になさらず、このまま捜査を続けてください」

有無を言わさぬ口調だった。

真二は目に見えて肩を落とす。事務官もいるとはいえ、もっと一緒にいられると思ったからだ。しかも、高城はずっと真二の顔をまともに見てくれなかった。公私を区別するのは、高城の性格からして当然のことだし、寂しいと思うのは、自分の甘えで我儘《わがまま》だとはわかっている。わかってはいても、寂しいと感じるのは止められない。

真二は公園から消えていく高城の後ろ姿を、切ない思いで見送った。

「あの人、実は現場が大好きなんじゃないか」

同じように高城の背中を見送っていた村川が、呟くように言った。

「俺もそんな気がします」

田坂も同意した。

「確かに、率先して出てきましたよね」

走り回らされた近藤も、今になってようやく呼吸が整ったらしく会話に加わってくる。さっきまでは肩で息をして、喋るどころではなかった。

真二は過去に高城と一緒に現場を回った経験がある。あのときも高城は自分から現場に出向いていた。もっとも、そのことは高城から秘密にしろと言われているから、今まで誰にも話したことはない。

「妙に生き生きしてた気もするんだがな」

とっくに消えた高城の後ろ姿がまだ見えているかのように、村川は視線を公園出口に向けて呟いた。

高城がいくら冷静にクールを装ってみても、本質はそれほど隠せるものではないらしい。

真二は迂闊なことを口走らないよう、固く唇をかみ締める。

「で、本当のところはどうなんだ?」

村川が急に真二に話を振ってきた。

「な、何がですか?」

真二は不自然なほどに狼狽《うろた》える。

「今の話を聞いてなかったのか? お前、高城検事とメシを食いに行くくらいには仲がいいんだろ?」

刑事課の中での、真二と高城の関係はその程度のものだという認識でしかない。それも、真二の方が一方的に慕っていると思われている。さっきの高城の冷たい態度を見れば、そうとしか思えないだろう。

「あ、えっと、仕事柄、どうしても中に籠《こ》もりがちだから、休みには外に出るようにしてるけど、なかなか時間が取れないって言ってました」

　真二は言葉を選びながら答えた。高城が現場好きかどうかは、直接尋ねたことはないから真二も確証はない。だから、その代わりに外に出ることが好きかどうかを、いつか高城に聞いた話から答えた。

「そういうプライベートな話じゃなくてだな」

　村川が頭を掻《か》く。

「まあいいか。それを聞いたところでどうなるわけじゃなし。俺たちがしなきゃいけないのは物証探しだ」

　合図もなかったのに、全員がまた捜索範囲の広がった地図に視線を戻した。

「今日まで付近住民からの情報がないってことは、よほど人目に付きにくい場所に隠したってことだな」

「本気で隠そうとしたなら、ちょっと厄介ですよ。誰もいなければ、塀を乗り越えて人んちの庭に埋めることだって可能ですからね」

　事件発生から身柄確保までわずか三十分しか経っていないと思っていた。だが、今では三十分もあったと認識が変わっている。

「何が何でも見つけ出すぞ、と言いたいところだが、この暗さじゃ、捜索は無理だ」

　村川が空を見上げる。

「ですね」

近藤が同意する。それは誰しも同じ気持ちだった。辺りは真っ暗で小さなナイフを探すのは困難きわまりない。しかも夜の風の冷たさが、刑事たちの体を凍《こご》えさせる。

「明日、太陽が昇ってからだな」

村川の言葉に、誰も異議を唱えなかった。

3

翌朝、早朝から捜索が行われたが、午前中の捜査では凶器を発見することができなかった。もっとも、まだ捜索範囲の半分も探しきれていない。鑑識課員たちは今も現場にいるが、高城が昼に刑事課に顔を出すというので、真二たちは一度引き上げることにした。

朝は現場に直接出向いたから、課に顔を出すのは、これが初めてだ。ちょうど昼時で、課に残っていた田坂と古内《ふるうち》が食事を取っている。田坂たちは有野の取り調べのため、現場には出向いていなかった。

「で、あいつはどうだ？」

村川の問いかけに田坂はソバを食べる手を止め、うんざりした様子で首を横に振る。

「まだ駄目か？」

「まだどころか、本気で釈放されるのを待ってんじゃないですかね」

取り調べも時間が決められている。一日何時間だとか、休憩を取るだとか、ドラマの世界のように乱暴な言葉を使おうものなら、人権蹂躙《じゅうりん》だ、自白を強要したと責められる。今は有野も昼休憩中だ。

「遣り手弁護士がついてるからか？」

「じゃないんですか。妙に自信ありげになりましたから」

「いくら遣り手でも、クロをシロにされてたまるかってんだ」

村川が毒づく。状況証拠では、有野は完全にクロだ。それに弁護士が来るまではかなり動揺していた。里見さえ来なければ、有野は落ちたかもしれないのだ。そう思えば、村川たちが里見を恨《うら》むのは納得できることだった。

「高城検事、今日は何を持ってきてくれるんですかね」

田坂が時計を気にしながら言った。

昼休憩を挟み、また聴取を再開するが、それまでに高城がくれば、田坂も高城の話を聞きたいと思っているようだ。藁《わら》にも縋《すが》る気持ちなのか、苦手な高城でも有益な情報をもたらしてくれるなら歓迎したいという雰囲気になっている。

「さあな、遣り手弁護士を黙らせてくれる方法なら大歓迎だ」

村川は里見に会ったことはない。それなのに、まだ見ぬ里見にここまで露骨に怒っているのは、早期解決を妨害された事への怒りだ。

村川のぼやきがひとしきり終わったとき、刑事課のドアの外に真二には見覚えのない中年の紳士が顔を覗かせた。

「噂をすればってホントですね」

田坂が嫌そうに小声で囁《ささや》く。

彼が里見弁護士らしい。ということは、その後ろに優弥もいるのではと、真二は周囲を窺った。案の定、里見の後ろから優弥が顔を見せた。

「また来ましたよ」

冗談めかして里見が部屋の中に入ってくる。真二の予想では、遣り手というから、もっとエリートっぽい人をイメージしていた。ところが、実際の里見は少し小太りの気のいいおじさんといった風体《ふうてい》だった。

「先生も物好きですね。こんなに歓迎されないところに何度も来るなんて」

田坂が嫌みで答える。

「依頼人は歓迎してくれますからね」

里見も負けていない。笑顔を浮かべたまま答える姿に、真二は滅多に使うことのない好々爺《こうこうや》という言葉が浮かんだ。

「有野くんの様子はどうですか？　体調を崩したりしてませんか？」

「昼飯はきれいに平らげてましたよ」

「それはよかった。あまり丈夫やないそうなので、環境の変化についていけるか、心配してるんです」

里見はすぐにでも接見を求めそうな雰囲気だった。

真二は壁の時計に目を遣った。もうすぐ高城が来ると言った時間になる。有野にまた妙な入れ知恵をされる前に、高城が来てくれないかと真二は願った。

「有野くんに会わせてもらえますね？」

駄目だとは言わさない口ぶりで里見が許可を求める。警察にこれを断る権利はない。西越が不在のため、村川が顔を顰めながらも口を開きかけたときだった。

「いらしてたんですか」

高城の声がドア付近から聞こえてきた。部屋の中にいた全員がその声に視線を向けた。

高城は几帳面な男だ。約束していた時間きっかりに現れた。後ろには事務官を引きつれている。

「ご無沙汰《ぶさた》しております」

高城は親しげな様子で里見に近づいていく。

「ホンマに、久しぶりやなあ」

里見も親しげに答える。

「まさか、こんなとこで君と顔を合わすことになるとは思わんかったよ」

「私もです」

高城が苦笑しながら同意した。

「またまたよう言うわ。わざわざ乗り出してきといて、何を言うてんのや」

高城は言葉を崩さないが、里見は砕けた口調で話し続ける。ただの顔見知り程度ではない親しさを感じさせた。

「このままやと、初の兄弟対決は横浜ってことになるかもしれへんなあ」

笑いながら言った里見の言葉に、課の全員が動きを止める。

今まで誰も気づかなかったことの方が不思議だった。同じ文字を使う『高城』はそうありふれた姓ではないし、大阪出身で、検事と弁護士と職種は違えど同じ法曹界。共通点はいくつもあったのだ。

真二が初対面のときに感じた親しみの理由は、そのせいだった。

「高城検事、もしかして、こちらの方は？」

代表して尋ねたのは、やはり年長者の村川だった。

「高城優弥、私の双子の弟です」

若干、気まずそうに、高城が皆の疑問を一気に解決する言葉を口にした。

想像以上の事実に、全員が一様に驚き、まじまじと二人を見比べる。

「失礼ですが、あまり似てはいらっしゃらないような」

村川の言葉に課の全員が頷く。

容姿も性格も、双子なのにどこにも似たところを見つけ出せない。確かにどちらも男前で、人目を惹《ひ》く容姿はしている。だが、全く違ったタイプだった。どちらかといえば冷たさを感じるほど整った高城と、それに対して、優弥は人好きのする明るい印象を受ける派手な顔立

ちだ。身長は優弥の方が少し高く、横幅も少し広い。もっとも、高城がかなりスリムなだけで、優弥もけっしてガタイがいいというほどではない。

優弥は黙ったままで、兄を見つめているというよりは睨《にら》んでいる。真二がその表情を不思議に思い見ていると、気づいたのか、優弥が真二に顔を向けた。

真二は思わず息を呑んだ。真二に向けられた視線は、高城に向けるよりもさらに厳しいものだった。

前回、廊下での初対面のときにも感じた敵対心だ。あのときも気のせいでなかったらしい。けれど、その理由が真二にはわからなかった。

お人好《よ》しで人を疑うことを知らずに生きてきた真二は、そのせいで、他人から敵意を向けられることなどほとんどなかった。だから、こんなにあからさまに向けられる敵意に、真二はどう反応すればいいのかわからず戸惑う。

高城に助けを求めようにも、高城はまた真二と視線を合わせてくれない。

「二卵性ですから」

村川の問いかけに、高城は短く答えた。

そっくりな双子と似てない双子ならどちらの方が多いのか、そんなどうでもいいことを思いつつ、真二は高城の家族のことを知るのはこれが初めてだと気づいた。意図的なのか、高城は今まであまり話そうとはしなかった。

「世間話はそれくらいにして」

里見が話を断ち切るように、

「君が担当になって、何か新しい事実でも明らかになったのかな？」

高城に問いかける。

「それはこれからです」

高城は生真面目な顔で答えた。高城がいる限り、ここでの捜査責任者は高城になる。高城が受け答えするのに、誰も口を挟まなかった。

「君に今更言うまでもないとは思うが」

里見は思わせぶりに言う。

「わかっています。物証ですね」

物証も自白もないままでは、裁判に持ち込めたとしても、間違いなくそこを突かれる。高城ならそれくらいのことはわかっているだろうとほのめかす里見に、高城は当然だとばかりに答える。

遣り手弁護士相手に、全く怯《ひる》まない高城の態度に、真二は改めて惚《ほ》れ直す。

「それじゃ、私たちはこれで失礼するとしようか」

刑事課に顔を出して、十分と経たないうちに、里見が言った。

「接見していかないんですか？」

田坂が不思議そうに尋ねる。里見に対するときは、一番面識があるせいか、田坂が相手をすることが多い。

里見たちは有野に接見するためにやってきたはずだ。さっきそれを求められたときは、ちょうど高城が現れたために、答えることのないままになっていた。

「何も進展がないことは、あなた方の様子からわかります。元気だということも聞きました。それに、何か用があれば、彼の方から私を呼ぶでしょう」

里見は余裕の態度で、優弥を引きつれ帰って行った。結局、兄弟の再会だというのに、優弥は一言も口を開かなかった。

「ホントに、何しに来たんですかね」

田坂が二人の消えたドアを見ながら言った。

「おそらく、接見を名目に捜査状況を確認に来たのでしょう。後は私への宣戦布告かもしれませんね」

高城が小さく笑った。

日頃は冷たく見える顔が、笑顔になると途端に柔らかく華やぐ。真二の着任以降、高城は刑事課内でごくたまに笑顔を見せるようになった。真二の影響だと刑事課の誰もが思っているが、高城はそのことには気づいていないようだ。

「しかし、里見先生も耳が早い。昨日の今日で、もう私が担当になったことをかぎつけてるんですから」

「高城検事が弟さんに話したんじゃないんですか？」

いつもよりは親しげな態度で、田坂が問いかける。真二も同じ事を思った。

「弟がこっちに来てることすら知りませんでした」

高城の表情に少し困惑した翳《かげ》がある。知らなかったというのは本当らしい。

検察庁で高城と偶然会ったとき、妙な顔をしていたのはこのせいだった。いくら横浜と大阪と離れているにしても、弟が働いている先を知らないはずがない。その雇い主である里見が若い弁護士を連れてきたとなれば、弟ではと思っても不思議はなかった。

「検事もやりづらいですね」

村川が同情したように言った。

「仕事ですから。それに、弟はまだ新人なので、アシスタント的な仕事しかできないはずです」

「そうなんですか？」

驚いたように田坂が尋ねる。

双子だから高城と同じ歳だ。高城が既にバリバリの検事として仕事をしているから、誰もがそれと同じ感覚でいた。

「弟は去年、司法修習を終えて、今年から里見先生のところでお世話になり始めたばかりです」

「それはまた……」

後に続く言葉を村川は呑み込んだ。

高城が在学中に司法試験に合格したことは、噂で聞かされていた。いかに高城が優秀かを伝えるためのエピソードの一つとしてだ。一方の優弥は、去年司法修習を終えたということは、司法試験に合格したのはそれより一年半前。年齢的にはけっして遅いわけではないが、兄の高城と比較すると、かなり劣って感じてしまう。村川もそう思ったのだろうが、それを口にするほど、浅はかではなかった。

「ところで、西越課長は？」

高城はとっくにプライベートの話は終わったとばかりに、課内を見回す。真二も気になっていたのだが、高城が来るとわかっていて、西越が留守にするのは珍しい。

「ああ、すみません」

田坂が思い出したように、

「ちょっと上に呼ばれてて、すぐに戻ってくるって言ってたんですけど」

上というのは、上の階、三階にいる署長のことだ。

「何か今回の事件のことで？」

高城が表情を険しくする。

「別件だと思いますよ。機嫌は悪くなかったんで」

田坂の言葉を証明するように、西越がいつもの様子で現れた。

「すみません、お待たせして」

高城に謝る西越の声にも、不機嫌な様子はない。事件のことで上に嫌みを言われたというわけではなさそうだ。

「いえ、こちらこそ急に時間を割《さ》いていただいて」

高城は西越の到着を待っていた。早速とばかりに捜査会議が開かれる。

前回と同じように、ホワイトボードと高城を囲んで、刑事たちが一カ所に集まった。

「あれから、考えてみたんですが」

高城の言うあれからは、昨日の現場検証のことだ。高城は現場から帰った後も、この事件のことを考えていたようだ。

「やはり、実際に大阪に行ってもらった方がいいと思います」

「足取りですか？」

村川が尋ねる。

「いえ、有野が横浜に来た目的を探るためです」

「大阪府警には協力を求めていますが」

今度は西越が答える。

「実際に自分の目で見聞きするのと人づては違います。それに、何かあったときすぐに連絡を取りやすいですから」

「確かにそうかもしれませんね」

高城の提案に西越も納得した。

「俺に行かせてください」

勢いよく名乗りを上げたのは田坂だった。黙《だんま》りを決め込む有野の相手が疲れたというより、なんとか有野の口を割らせたい思いが強い。その気持ちが勢いとなって表れた。

「私も田坂刑事が適任だと思います。ずっと取り調べに当たっていた田坂刑事なら、この中で一番有野をわかっているでしょうから」

フォローしたのは高城だ。田坂はまさか高城にそんなことを言ってもらえるとは思ってもいなかったため、反応が少し遅れた。

「そうですね？」

高城が田坂の返事を促した。

「もちろんです。ありがとうございます」

田坂は我に返り、おそらく初めて高城に礼を言った。

「仕方ないな」

課長の西越抜きで話が進んでいたことに、当の西越が苦笑いする。

「いいだろ。田坂と古内、今から大阪に行ってこい」

西越の指示で、二人が勢いよく飛び出していく。ほとんど手ぶらだ。警察手帳と財布さえあれば、刑事たちはどこにでも飛んでいく。

「残った我々は、引き続き、今までの捜査をするしかないな」

西越が他の刑事達を見回す。

目撃者と凶器を探すこと、横浜に着いてからの有野の詳細な足取りを辿ること、さらに被害者の身辺調査と有野との接点を探すこと。どれもまだ有力な情報は得られていない。

「地道な捜査が続きますが、よろしくお願いします」

高城は刑事たちにそう言い残し、お茶を出すまもなくあっという間に事務官と一緒に出て行った。

刑事たちは唖然《あぜん》としてその後ろ姿を見送った。

「あの人も何しに来たんだろうな」

村川がボソッと呟く。

「忙しいだろうのに、大阪行きくらい、電話でも言えると思うんだが」

村川の言うことはもっともだった。だとしたら、やはり弟のことが気になっているのではないか。真二にはそうとしか思えなかった。

「ちょっと出てきます」

真二は誰にともなく断りをいれて、高城の後を追った。

出て行ったばかりの高城の背中はすぐに見つかった。階段の踊り場付近にさしかかったところだった。

「高城検事」

こんなふうに呼び止めるのは、一度や二度ではない。事務官はわかったように、高城が何か言う前に真二に黙礼して、先に帰って行った。

「弟のことだろう？」

真二が追いかけた理由を、高城は先に口にした。

「そうです」

「歩きながら話そう」

高城は周囲を気にして、先に歩き出した。真二もそれに倣《なら》い、二人は署の中を玄関に向かって並んで歩く。

「高城さんは、弟さんが弁護に回ることを知ってたんですか？」

階段を下りてから、真二は話を再開させた。一階は一般の受付窓口もあり、人も多い。刑事課のある二階に比べれば、遥かに賑やかだ。だから、それほど二人に注意を向けられることもなければ、会話が筒抜けということもない。

「さっき言わなかったか？」

「でも前に、里見弁護士が若い弁護士を連れてきてたって話をしたとき……」

「やっぱり気づいてたか」

高城が苦笑いを浮かべる。

「あのときに、たぶんそうじゃないかと思ったのは確かだ。だが、確証はなかった。弟は何も言ってこなかったからな」

珍しく真二の推測は当たっていた。勘が鈍いとよく言われるが、高城に関しては鋭くなったのかもと、真二は少し嬉しくなる。

「それじゃ、もしかして、担当になったのも？」

真二はさらに思いついた疑問も口にした。

「少し無理を言った」

高城がばつの悪そうな顔で視線を逸《そ》らせた。

検察内部がどういう仕事の割り振り方をしているのか真二は知らないが、一つ一つ個人の希望を通すわけではないだろう。現に元は島内の担当だった。真二は高城が仕事に私情を挟んだ姿を初めて見た。

「高城さんでもそういうことをするんですね」

「私情を挟むってことか？」

「はあ、まあ」

真二が曖昧《あいまい》に頷くと、高城は苦笑いを浮かべる。

「私情を挟みたくはないんだが、弟が迷惑をかけそうな気がしてな」

「どうしてですか？」

真二は意味がわからず、問い返した。

弁護士として敵対することはあっても、それは、高城が言う迷惑とは違う意味のような気がする。

「双子だからなのかもしれないが、弟は小さいときから、過剰なほどに俺を意識していた。何をするにも、俺を気にして対抗するんだ」

高城の告白に真二はようやく納得した。優弥が真二に対して好戦的な態度だったのも、そういう理由からかもしれない。

「あれ」

納得しかけたものの、真二は今度は違う疑問が浮かび、声を上げた。

「でも、最初は高城さんが担当じゃなかったですよね」

優弥が張り合うのは高城だけであれば、高城が担当にさえならなければ、優弥もただの助手で終わったのではないか。真二は思ったことを素直に聞いてみた。

「いや、確かに俺に対抗はしてるんだが」

高城にしては珍しく歯切れが悪かった。明らかに言葉を探している素振りを見せる高城に、真二は先を促すようなことは言えなかった。

言葉もなく、二人は歩き続けるしかない。

「もう外まで来てしまったな」

いつの間にか、二人は署の外に出て、目の前には門があった。仕事中に高城を見送るのは門まで。それは二人の間で決まった約束事だった。

「それじゃ、また」

結局、高城は明確な答えをくれないまま、真二に背中を向け、門の外に消えていった。

高城が言いたくないのであれば、無理に聞き出すつもりもない。逆に高城が気まずくなるような質問をしたことを真二は後悔した。

付き合っている恋人同士にしては、他の恋人たちに比べて一緒にいられる時間は少ない。仕事で顔を合わすことはできても、二人きりで話をできる機会など滅多に訪れるものでもない。せっかくのチャンスを無駄にしてしまった。

真二は少し落ち込んで刑事課に戻った。

「おい、諏訪内」

待ちかねていたのか、村川が手招きで呼び寄せる。

「高城検事、なんだって?」

「何がですか？」

真二が村川の隣の席に座りながら、尋ね返す。

「大阪から来た弁護士が弟だってこと、わかってて俺たちに黙ってただろ？」

真二だけが気づいたつもりで喜んでいたが、刑事としてのキャリアの長さからか、村川も高城の微妙な態度に気づいていた。

「弟からは直接に聞いてなくても、里見弁護士のところで世話になってることは知ってたんだからな。お前、その理由を聞きに言ったんじゃないのか？」

村川は真二が飛び出していった理由にも気づいていた。

「弟さんが迷惑をかけるのを防ぐためだって言ってました」

これは隠すことではないだろうと、真二は正直に答えた。

「それ、答えになってないぞ」

なっていなくても、真二もそれしか聞いていないのだから答えようがない。

「男兄弟って、ライバルみたいなとこ、あるのかなあ」

真二は独り言のように呟く。

真二には男兄弟はいない。四つ歳の離れた妹がいるだけだ。だから、高城の言うようなライバル関係には実感が湧かなかった。

「ライバルだとしたら、嫌だろうな。あんな兄貴じゃ」

村川は話の飛んだ真二の独り言に、律儀に答えてくれる。

「どうしてですか？」

「できすぎだろう。大阪高検の検事だったくらいだ。ただ頭がいいだけじゃなくて、相当、優秀だったんだろう。それにボクシングのチャンピオンだったんだから、運動神経もいい。しかもあの容姿だ。そんな完璧な人間がすぐ近くにいるんだぞ。コンプレックスを感じるなって方が無理だろう」

村川の言うことは全て正しい。高城は真二から見ても完璧な人だった。外見的なことだけではなく、内面も完璧だ。自分に厳しく他人にも厳しいながらも本当は優しい。どこにも文句のつけようがなかった。

「自慢の兄弟だと思いますけど」

素直な感想を口にした真二に、村川は説明するだけ無駄だったとばかりに、がっくりと肩を落とす。

「俺は兄弟どころか、息子でも遠慮したいな」

「なんでですか？」

「あっという間に追い越されて、親の威厳なんかすぐになくなってしまいそうだからだよ」

村川には中学生の息子がいるはずだが、話しぶりから少なくともまだ追い越されてはいないらしい。

「友達でもそうだろう。子供の時から知ってるならともかく、今の高城検事じゃ、完璧すぎて近寄りがたい。お前ぐらいのものだと思うぞ。ためらいもなく、臆《おく》することなく近づいていけたのは」

「そうなのかなあ」

真二は理解できずに首を傾げる。すてきな人だと思ったから、もっと知りたいと思った。近づいていくのにためらいもなかった。

「わからないかもしれないが、普通の人間はそうだってことだ」

「俺、普通じゃないんですか？」

村川は今更何をとばかりに、その質問には鼻で笑うだけで答えてくれなかった。

「しかし、あれだな。そんなに敵対心もたれてんなら、早く物証あげないと、ますます何を言われるかわかったもんじゃないな」

村川の言葉が合図となって、午後からの捜査に向かうことになった。

これからもまだ忙しい日が続くことになる。事件が解決するまで、ゆっくり会うことはできなさそうで、それが残念だった。でも、そんなことを言えば、仕事に集中しろときっと怒られるだろう。高城に嫌われることだけはしたくなかった。

でも……。

真二は自分が情けなくて、苦笑いした。

こんな気持ちになるのは初めてだった。経験が乏しすぎて、恋愛がこんなに振り回されるものだとは思わなかった。仕事中でも高城のことが気になって仕方がない。仕事が手につかないわけではないが、集中はできないでいた。こんなとき、刑事でよかったと思う。体を使って動き回ることの多い仕事だ。動いている間は考えなくてもいい。

こんなことを考えていると高城に知られたら、きっと呆れられるに違いない。高城ならこんなことはないだろうと思うと、真二は少し切なくなった。

その日の午後の捜索は成果のないままに終わった。明日も明るくなったらすぐに捜索を開始するため、五時起きだ。早々に帰ろうと村川に促されたときは、それでももう夜の九時を過ぎていた。

真二が寮に着くと、ちょうど風呂上がりらしい黒川《くろかわ》と出くわした。

黒川は真二とは警察学校の同期で、港北署に勤務する巡査だ。先月までは別の寮に入っていたが、この寮の方が港北署に近いという理由で、ずっと空きが出るのを待っていた。ようやく先月になって、入寮者の一人が結婚することになり、この独身寮から出て行き、入れ替わりに黒川が入ってきたというわけだ。

「よお、今日は早いんだな」

黒川が足を止め、真二を出迎えた。そうは言われても、もう十時だ。日頃の真二の生活が偲《しの》ばれる台詞《せりふ》だった。

「明日も五時起きだから、帰っていいって言われたんだ」

「五時？」

黒川が嫌そうに顔を歪める。

「そういうの聞いてると、やっぱ、警察官にいちばん大事なのは体力だなって思うよ」

しみじみとした口調で、黒川が励ますように真二の肩を叩いた。

黒川は交番勤務の巡査だ。周りから見れば、同じ歳で刑事課と交番勤務では差があるように思うが、黒川は自ら望んで交番勤務をしていて、異動願いを出したこともなかった。子供の頃から、制服を着た街のお巡りさんに憧《あこが》れていたと言うから、真二とは似たもの同士なところがある。そのせいなのか、性格は全く違うのに、黒川とは不思議と馬が合った。

その仲のいい友人の顔を見ていて、真二はふと思いついた。

「もう寝る？」

「まだ十時じゃん。俺が五時起きするわけでもないのに、こんな時間に寝ないって」

黒川は笑いながら答えた。

「じゃあさ、ちょっといい？」

真二は二階に続く階段を指さす。そこに真二の部屋があるからだ。

「いいけど、何が出る？」

「ウーロン茶くらいはあったかな」

真二は冷蔵庫の中身を思い浮かべながら言った。

部屋に真二個人の冷蔵庫はあるが、寝るためだけにしか帰らない部屋に、買い置きの食材などない。冷蔵庫はいつもほとんど空《から》の状態だ。

「まあいいか。俺も似たようなもんだし」

納得してくれた黒川を連れ、真二は階段を上がり、自室のドアを開ける。

狭い六畳の和室が真二に与えられた部屋だ。トイレも風呂も共同で、簡易のキッチンすらない。

「お前さ、人を誘うならせめて少しは片づけろよ」

真二の後から部屋に入った黒川が、呆れたように言った。

部屋の真ん中にある万年床が狭いスペースを大きく占領し、その周りには脱ぎ散らかした服や、空になったペットボトルにコンビニのポリ袋が散らばっている。悲しい独身男の部屋を見事に表していた。

真二はとりあえず布団を二つ折りにして、二人分の座る場所を確保してから、冷蔵庫を開けた。まだ封を切っていないウーロン茶のペットボトルが入っていた。

「このままでいいか？」

「なんでも」

黒川は畳に胡座《あぐら》をかいて座った。真二はその前にペットボトルを置き、自分も同じようにその向かいに座った。

「で、恋愛相談？」

単刀直入に黒川が切り出してくる。

「なんでわかんの？」

真二は驚いて問い返した。

「立ち話で済まない話なんだろ？　見たところ仕事の悩みはなさそうだし、だったら、恋のお悩みしかないじゃん」

黒川は軽い口調で真二に笑いかける。おそらく真二が話しやすくなるよう、気を配ってくれているのだろう。その気遣いで真二も肩の力が抜けた。

「うまくいってんの？」

その質問には、真二ははっきりと頷いた。

黒川にはいつの間にか、高城とのことがばれていた。高城への片思いを相談したことがきっかけで、その相手が高城だと気づかれた。両思いになってからは、真二の態度から気づいたらしい。真二の隠し事のできない性格のせいだ。村川は秘密にしていろと言ったが、こんな調子では周囲に知られてしまうのも時間の問題のような気がする。それも真二の悩みの一つだった。

「好きで好きでどうしようもないんだけど、どうしたらいいだろ」

真二は思い切って、溢れる想いを口にした。

「はあ？」

黒川が呆気にとられた顔で、言葉に詰まった。そんな反応になるのも当然だ。自分に置き換えてみれば、やはり同じようにすぐには言葉を返せないだろう。

「それ、のろけじゃなくて、悩み？」

ようやく口を開いた黒川に、真二は頷く。

「自分の気持ちがコントロールできないんだよ。いつでも俺のことを見てほしくて、仕事中なのに目を合わせてくれないと不安になるし」

自分で言っておきながら、真二は心底情けなくなる。

「今までに誰とも付き合ったことがないわけじゃないんだろ？　そんときはどうだった？」

「こんなんじゃなかったよ」

真二は正直に告白した。過去に付き合った女性は二人いる。一人は高校時代に、もう一人は警察に入ってからだ。結果として、どちらも自然消滅で終わった。思い返せば、感情がこじれるほど、相手に対しての気持ちはなかったのかもしれない。

「過去の彼女に対して本気じゃなかったとは言わないけど、お前は遊びで付き合ったりできなさそうだからさ、でもやっぱ違うんだよ」

黒川がそれを言い表す言葉を探すように、瞳を伏せる。

「うまくいえないけど、過去の恋愛は子供の恋愛だったんじゃないの？」

「大人と子供で違うもん？」

「俺もそんな経験豊富な方じゃないけど、違うと思うよ。極端な話をすれば、幼稚園の初恋と二十歳すぎての恋が一緒だと思うか？」

非常にわかりやすい例えだ。真二の初恋は幼稚園のとき、隣の組の女の子だった。ただ明日も一緒に遊びたいとか、その程度の気持ちだったはずだ。それが証拠に今では名前も覚えていない。高城を想うときのような胸の痛みなどもちろんあるはずがなかった。

一緒にいるときは楽しくて、時間が止まればいいのにと思う。離れていると会いたくて、会えないと寂しくて胸が痛くなる。ずっと自分を見ていてほしいし、ずっと見ていたい。高城の些細《ささい》な言葉にも表情の変化にも、気持ちが揺れ動く。

「好きすぎて、何が心配？」

黙り込んだ真二の顔を、黒川が覗き込む。

「負担になるんじゃないかと思って」

「お前の想いが？」

真二は情けない顔のまま頷き、

「優しいから、そう思っても言い出さないかも」

「そんな人かなあ」

黒川は納得できない顔で首を傾げた。

黒川が高城と会ったのは一度しかない。こんな印象を持つほどに話もしていないはずだが、それ以上の情報は噂で仕入れたらしい。

神奈川県警所属の警察官で、横浜地検の高城を知らない人間はいない。そう囁かれるほどに、高城は有名人になっていた。際だった容姿とあらぬ噂と、それに厳しすぎる態度が噂を広める要因となった。

「あの人のことをよく知らない俺が言うのもなんだけど、お前は今のままでいた方がいいと思うよ」

黒川はそう言って、励ますように笑った。

「そんな情けない顔してるお前も、俺の知ってる諏訪内真二の一部だし、てことは、お前は何も変わってない。そういうとこひっくるめて、あの人はお前を好きになってくれたんじゃないの？」

高城が真二のどこを好きになってくれたのか。今まで聞いたことはなかった。聞いてみたい気もするが、聞くのが怖い気もする。

「高城さんの好きなトコなら、いくらでも言えるんだけどなあ」

真二は独り言のように呟く。

「なんだよ、結局、のろけかよ」

黒川がやってられないとばかりに真二の肩を軽く殴った。

「お前はホントに強運の持ち主だって、実感したよ」

「何が？」

「クソ忙しい刑事課に配属になって、普通は恋人作る時間もないし、忙しすぎるからって振られたりするらしいんだぞ。それをお前はちゃっかり恋人作って、しかも上手《うま》くいってるっていうんだから」

黒川は羨《うらや》ましげに言った。

黒川にしても村川にしても、真二が男と付き合ってると聞かされても、態度を変えなかった。そればかりか、誰にも言わないでいてくれている。

真二はやっと表情を緩めた。

いい人ばかりに囲まれ、人間関係に恵まれているのは、やはり強運のせいかもしれない。

真二は改めてそう思った。

「俺もそう思う」

やけにはっきりと同意した真二を、黒川は不思議そうに見つめていた。

4

翌日も朝六時から捜索を続けたが成果はなかった。いくら警察でも個人の家に勝手に入ることはできない。そういった場所は手つかずのままにもかかわらず、捜索範囲全てを終えてはいない。

日が暮れ、捜索が困難になり、真二《しんじ》たちは足取り重く署に戻った。成果がないと疲れも倍増する。連日の捜索に、誰の顔にも疲労の色が見えていた。

「お疲れだったな」

刑事課のドアを開けた、真二と村川《むらかわ》を西越《にしごえ》が出迎える。

「手ぶらですがね」

村川がぼやいて答えた。

「捜索範囲を広げてまだ二日目だ。気にするな」

西越が励ますように、村川の肩を叩いた。

「それより、大阪の田坂《たさか》から早速連絡があったぞ」

「なんですって？」

西越の周りに刑事たちが集まる。

「有野《ありの》の高校時代の同級生に話を聞いたところ、普段はいるのかいないのかわからないくらいにおとなしいんだが、ちょっとしたことでキレやすかったらしい」

西越が捜査結果を田坂に代わり、真二たちに伝える。

大阪府警も協力要請により捜査はしてくれていたが、そんな情報は入ってこなかった。キレやすいと言っても、実際、その現場を見たことがなければ、口にはしなかっただろうし、もともより印象が薄かったのなら、たいした話も聞けなかったに違いない。田坂たちは根気強く何人もの同級生に当たったのだという。

「成績はよかったらしく、関西では有名な私立大学に現役で合格している。だが、大学時代に横浜出身の友人はいなかった」

田坂たちが大阪に出向いたのは昨日の午後で、あの時間から向かったのだから、大阪到着は夕方だ。たった一日の捜査で、田坂たちは充分な成果を上げていた。よほど、黙秘を続ける有野に腹が立っているのだろう。

「さらに重要証言だ。有野は高校時代、いつも鞄《かばん》にナイフを隠し持っていたらしい」

「本当ですか？」

村川が気色《けしき》ばんで問い返し、他の刑事たちの間にもざわめきが走る。

「同級生の一人が見たことがあるそうだ。その同級生が有野に尋ねたところ、何かあったときのための用心だと言ったというんだが、おとなしかっただけに意外に感じて不気味だったたからよく覚えていたらしい」

「だったら、横浜にも持参してきていた可能性は大ですね」

村川の声に張りが出てきた。さっきまでは表情も冴《さ》えなかったが、この有力証言が村川に活気を与えた。それは村川だけではない。田坂に代わり取り調べを担当している近藤《こんどう》も同じだった。

「だからその場に残しておけなかった。もしかしたら、すぐに足がつくような、珍しいものだったのかもしれませんね」

量販店で買えるようなありふれた形のナイフなら、指紋さえ拭《ふ》き取《と》っておけば、そこから犯人に辿《たど》り着《つ》くのは困難だ。だが、高校時代から持ち歩くようなものなら、少年の心理として格好いい形を選ぶのではないか。近藤の主張には頷《うなず》けるものがあった。

些細なことでキレやすい男が、ナイフ持参で横浜に来ていたとしたら、事件の起こる可能性は充分にある。

「高城《たかぎ》検事の言うとおり、大阪に行かせて正解でしたね」

村川は少し苦笑いしながら言った。できることなら、高城の助言なしに自分たちの力だけで成果を得たかったというのが本音だ。

「全くだな」

西越も苦笑している。

「これで、高城検事の言った捜索範囲の中から凶器も見つかってみろ、ますます、頭が上がらなくなるぞ」

一瞬にして、刑事課内が静まりかえった。

以前に比べて、高城との関係が柔らかくなったとはいえ、高城の仕事に対する厳しい姿勢が変わったわけではない。今までは反論もできたが、頭が上がらなくなれば、それすらできなくなり、いいなりになるしかないのかと、刑事たちは一様にうんざりした顔になる。もちろん、真二以外はだ。

「でも、早期解決することが、一番ですよね」

全く空気を読めない真二が、漂う雰囲気に関係なく、自分の意見を口にする。

沈黙があったのは、ほんのわずかの間で、すぐに笑いが起こった。

「何ですか？」

自分の周囲で沸き起こる笑いの意味がわからず、真二は誰にともなく問いかける。

「いや、お前の言うとおりだと思っただけだ」

村川が笑いながらも代表して答えてくれた。

「その早期解決のためにも、明日も五時起き組はもう帰っていいぞ」

西越が言った。村川と真二のことだ。

西越のありがたい提案に、二人は揃《そろ》って刑事課を出たが、村川は基本は電車通勤だ。階段の下で村川と別れ、真二はバイクを停《と》めてある裏口の駐車場に向かった。

まっすぐ帰れば、寮までは十分とかからない。だが、真二は寮とは別の場所に向けて、バイクを走らせた。

真二が向かったのは、ＪＲ桜木町の駅だ。ここが有野と被害者が最初に接触した場所だとされている。有野が被害者に声をかけている姿を何人もが目撃していた。

担当検事に名乗り出た本当の理由はわからないが、高城が気にしているのなら、何か役に立ちたかった。そのために真二ができることといえば、有野が犯人だという証拠を見つけることだけだ。

バイクを駅前の駐車場に停め、歩いて駅構内に向かう。

被害者が立っていたのは改札近くの柱の陰。あと少しでそこに辿り着くというとき、真二は改札口から出てくる人の中に見覚えのある姿を見つけた。

優弥《ゆうや》だ。優弥は一人で辺りを見回しながら、真二のいる方に向かって歩いてくる。まだ真二には気づいていないようだ。

高城と親しく話すようになったきっかけも、事件現場での再会だった。そのときのことを真二は懐かしく思い出す。兄弟だから似ているのか、優弥もきっと事件を見直すためにここに来たに違いない。

「高城弁護士」

真二は親しみを込めて優弥に呼びかけた。

何と呼びかけるか迷い、そう呼ぶことにした。『高城さん』では高城と同じになるし、かといって下の名前で呼びかけられるような親しい関係でもない。

優弥は一瞬、声に反応したように見えた。だが、すぐに何も気づかなかったような顔で通り過ぎようとする。

真二は聞こえなかったのかと思い、歩き去ろうとする優弥の前に回り込んだ。今度ははっきりと自分の存在を示すためにだ。

優弥と正面から向き合うと、優弥は顔を歪《ゆが》め、舌打ちした。

「でかい図体《ずうたい》で邪魔やねん」

優弥の口から出たのは、署で会ったときのような仕事上の慇懃《いんぎん》無礼な言葉ではなく、敵意剝《む》き出《だ》しの地の言葉だった。

「俺、何かしました？」

優弥の敵意は、どうも刑事課にではなく、自分にだけ向けられてるような気がして、真二は尋ねた。

「兄貴のせいや」

優弥が憎々しげに言った。

「高城さんのせい？」

真二はきょとんとして問い返す。

優弥は辺りを見回し、人気《ひとけ》のない場所に真二を促した。どうやら人に聞かれたくない話があるらしい。真二はおとなしく優弥についていった。

優弥が足を止めたのは、人目につかないビルの陰に入ってからだった。

「俺が横浜まで来たんは、仕事のためだけとちゃう。お前がどんな奴なんか、確認するためもあったんや」

苦々しげな顔で挑戦的な言葉を投げつける優弥に、真二はすぐに答えることができなかった。

そんな真二の態度に焦《じ》れたのか、優弥がさらに話を続けた。

「先月、兄貴が大阪に帰ってきたの、知ってるか？」

「お祖父《じい》さんの法事でしたよね？」

確認を取った真二に優弥が頷く。

高城が先月初旬に、土日のわずか二日間を使って、法事のために帰省すると聞かされたのは、その前日に一緒に食事をしたときだった。

「家族が揃たのは久しぶりやった。全員で食事をしてたときや。俺たちも来年で三十になる。親が結婚のことを聞いてきてもおかしない。お袋がなにげにそんな話を切り出したら、兄貴は結婚はできへんて言い出しよった」

真二の鼓動のスピードは一気に加速した。

男同士で結婚はできないと、先日、村川と話したばかりだ。高城からはそんな話をしたとは聞かされていない。高城が何を考え、そんなことを言ったのか。もし、真二とのことを思って言ってくれたのだとしても、優弥がどこまで知っているかわからないから、迂闊《うかつ》なことは言えないと黙っていると、優弥がすぐに答えをくれた。

「理由を聞かれて、兄貴は馬鹿正直に答えよった。男と付き合うてるからやて？　何の冗談やと思うやろ？」

高城はまっすぐで正直な男だ。家族に対しても誠実でありたいと思ったのだろう。高城らしいまっすぐさに、真二はさらに好きになる。

「相手の名前までは言わへんかったけど、しつこく問いつめたら、年下の刑事やいうことだけは喋《しゃべ》った。そやから俺は、先生が横浜に行くいうんに同行させてくれて頼みこんだ。兄貴の相手を突き止めるためにな」

優弥が高城に黙って横浜に来たのは、そういう理由だった。おそらく、高城もうすうすはそれに気づいていたのだろう。だから、この件に関してだけ、言葉の歯切れが悪かった。

「俺は暇を見つけて、兄貴の管轄下の警察署全てに顔を出した」

優弥がまっすぐ真二を見据える。

「最初に行ったとき、課におらへんかったやろ？」

「すみません。聞き込みで出ていたもので」

責められている気がして、真二はつい謝罪の言葉を口にする。

「おかげで余計な手間取らされたわ。兄貴が管轄してる署を全部回っても、兄貴の言うような男が見つからへん。そやから、他の署でそれらしい男がおらんか尋ねたら、お前を教えられた」

名前も知らないのにどうして真二だとわかったのか、真二は不思議に思う。高城よりも年下の刑事は神奈川県警には大勢いる。

「兄貴にどんな男か聞いたら、隠し事の一切できへんアホみたいに正直な男やて教えられた。他の署でその通り尋ねたら、すぐにお前の名前が出たわ」

優弥が先回りして答えを教えてくれる。察しのいいのは高城とよく似ていた。

「廊下で見かけて、すぐにこいつやてわかった。確かに、兄貴の好きそうなタイプやったからな」

自分のどこがいいのかわからないが、それが高城の好きなタイプだというなら、わからなくても嬉しい。真二はつい顔をにやけさせた。

「笑てる場合か」

真二の笑みに気づいた優弥が怒鳴りつける。

「兄貴は検事やぞ。男と付き合ってるいうことが職場にばれたら、出世もできへんようになるてわかってんのか？」

「でも、高城さんは出世はまあいいって、言ってましたよ」

いつか聞かされた言葉を真二は口にする。それは高城が異動になった本当の理由を、真二が刑事課でばらしてしまったときのことだ。上司のセクハラという不祥事を黙っている代わりに、高城は未来の出世を約束されていた。それをフイにした真二を高城は責めることもなく、そう言ったのだった。

「兄貴がそんなことを……」

優弥は見るからにショックを受けている。

家族の前で、特に優弥の前での高城は、どんなふうに振る舞っているのか。高城が出世を気にしないと言ったことが、優弥には信じられないようだった。

真二はそんな優弥に声をかけられなかった。真二が何か言えば、余計に優弥を傷つける気がしたからだ。結局、何も言い出せないまま、傷ついた顔で去っていく優弥を見送るしかなかった。優弥が何のためにこの駅に来たのか、聞く暇もなかった。

真二は携帯を取り出した。今のことは高城に報告しておくべきだ。それに聞きたいこともある。

この時間なら検察も通常の勤務は終わっている。いつもなら、それでも仕事をしているかもしれない高城を気遣い、メールを送って、折り返しの連絡を待つのだが、今はどうしてもすぐに声が聞きたかった。

自分の名前を出さなかったにしても、家族に打ち明けるほどに真剣に自分のことを考えてくれていることが嬉しくて、そう感じたことを伝えたかった。

「どうした？」

コール三回で電話に出た高城は、まだ検察庁の中にいるのか、短くそう答えただけだった。

「あの、今、高城弁護士に会いました」

「弟に？　またそっちに顔を出したのか？」

「いえ、そうじゃなくて」

真二は偶然、優弥に出会ったことを話してから、

「それで、高城さんが俺のことを家族に話してくれたって聞いて……」

「お前は今どこにいる？」

高城は真二の言葉を遮った。

「桜木町の駅です」

真二はさらに詳しい場所も説明した。

「すぐに行くから、そこで待っていろ」

高城は真二の返事も待たずに電話を切った。

高城の素っ気なく聞こえる話し方は、近くに仕事関係の人間がいたからではないのか。そ

れにしても、ここまで慌てる理由はなんなのか。高城は真二のことを家族に話したと知られるのが嫌だったのだろうか。

真二は訳がわからず、ただ高城の到着を待つしかなかった。

高城が駆けつけてきたのは、驚くほどに早かった。わずか十分後、真二のいるビルの陰のすぐ前に乗り付けられたタクシーから、高城が降り立った。

高城は真二を見つけ、まっすぐに近づいてくる。本来なら真二から近づいていくところだが、きっと人に聞かれてはまずい話になるはずだと、真二はその場に留《とど》まった。

「待たせたな」

「いえ、それより、お仕事中じゃなかったんですか？」

真二の電話が高城の仕事を邪魔したのではないか。真二はそれを気にして尋ねた。

「ちょうど帰ろうとしていたところだった」

「本当ですか？」

真二は窺《うかが》うように高城を見つめた。

「お前に嘘を吐《つ》いてどうする」

高城が今日初めて笑顔を見せてくれた。

「それで、どこまで聞いた？」

「俺と付き合ってるから結婚はできないと、ご家族の前で言ってくれたってトコまでです」

思い返すだけでも嬉《うれ》しくて、口にすればもっと実感がこみ上げ、真二は顔がにやけてしまうのを止められなかった。

「余計なことを……」

対照的に高城は顔を顰《しか》め、苦々しげに呟《つぶや》く。

「どうしてです？　俺とのことなのに、そんな大事なこと、俺には話してくれないつもりだったんですか？」

さっきまで有頂天だったのに、一気に奈落の底に突き落とされたような気分だった。

「家族に話したのは、結婚を切り出されて仕方なくだ」

「じゃあ、俺に言ってくれなかったのは？」

高城がスッと視線を逸《そ》らす。いつもまっすぐに人を見返す高城にしては珍しいことだ。

「お前に負担を感じさせたくなかった」

「どうして、俺がそれを負担に感じるんですか？」

知らず知らずに真二は詰問するような口調になっていた。

「お前が妙な責任を感じたら困るやろ」

「責任？」

真二は言葉の意味を問い返す。いつもならすぐに納得できる高城の話も、今の真二にはどうしても理解できなかった。

「例えばの話やけど、もしお前と付き合っていることが検察庁に知られれば、俺は職を失うことになるかもしれない」

「そんな……」

村川や優弥の言葉を思い出し、真二は絶句する。二人だけでなく、高城までその可能性を考えていた。自分だけが何も考えていなかった。

「もちろん、それが理由でクビになるわけやないけどな。俺が異動になったわけを知ってるやろ？」

高城から教えてもらったから知っている。念を押すように言われて、真二は頷いた。

「それぐらい世間体《てい》を気にするところやから、充分にありえる話や」

「そのときは俺が頑張ります」

真二は真面目な顔で、力強く宣言した。

「頑張るて、何をや」

何を言い出すのかと高城が不思議そうに問いかける。

「高城さんが検事を辞《や》めても、俺が頑張って働きます。あまり高給取りじゃないですけど、高城さんの分まで、俺が頑張って働きますから」

真二の真剣な決意表明に、高城が堪《こら》えきれずに噴き出した。

「何か、おかしいこと言いました？」

真二が問いかけても、高城はなおも笑い続ける。

「それは逆やろ」

ひとしきり笑ってから、高城は涙を拭きながら言った。

「俺が検事を辞めることになっても、俺にはまだ弁護士になる道が残されとる。でも、お前はどうや？　警察を辞めたら、ただの一般人やぞ」

高城の言うことは正論だ。司法試験に合格している高城と、採用試験に受かって警察官になれただけの真二とでは、立場が違う。

せっかくの決意表明だったが、高城の力になれないことがわかり、真二はしょんぼりと肩を落とした。

「安心しろ。お前がクビになったら、俺が養ってやる」

まだ笑いを含んだ声で、高城が言った。

「俺には責任を感じるなって言っておいて、高城さんは責任を取ろうとするんですね」

子供扱いされているようで少し寂しくなり、真二は思わずそんなことを口走ってしまった。

真二が高城を責めるようなことを言うのは初めてで、高城も少し驚いた顔になる。

「あ、すみません」

慌てて頭を下げた真二に、高城はなんでもないと首を横に振る。

「俺のは責任やない」

「でも今……」

「責任やのうて、俺が好きでするだけや」

高城がそう言って、照れくさそうに笑った。

真二は高城の口元をじっと見つめる。真二のことを指して言ったのではないにしても、初めて、高城の口から好きという言葉を聞いた。形のいい唇が、もう一度同じ動きをしないかと、真二は誘導するように問い返した。

「好き……で？」

「何をおかしな顔してんねん」

高城がいぶかるように目を細めた。やはり高城の方が一枚も二枚も上手だった。簡単には真二の誘導には乗ってくれない。

「でも、お前やったら、辞めんでもええかもな」

一転して、高城が表情を緩めた。

「どうしてですか？」

「お前やからや」

高城は笑いながら、真二にもわかるように言葉を足してくれた。たとえ二人の関係を誰に知られることになっても、真二は態度を変えない。そんな真二に対して、周りも何も言えなくなるだろうと。

既に村川と黒川《くろかわ》に知られていることを、高城は知らないはずだ。それなのに、高城は見事に状況を言い当てている。それだけ真二のことを理解してくれているということだ。言葉にはしてもらえないけれど、高城が自分を好きでいてくれることを真二は確信した。

「しかし、大の男がこんなところでなんちゅう話をしてんのや」

高城が呆《あき》れたように笑い、真二も釣られて笑った。二人の間に流れる空気が、ようやくいつものものに変わった。

「でも、なんでこんな引っ込んだ場所におんねん」

「ここなら人に話を聞かれないからだと思います」

この場所を選んだのは優弥だ。真二はそこまでは言わなかったが、高城はすぐにわかってくれた。

「確かに何を話してるかはわからんな。あのアホもそれくらい考える頭は残っとったか」

身内に対してだからだろうが、高城の言葉は容赦ない。

高城は少し離れた通りを歩く人の姿を見る。声は聞こえなくても姿は見えると言いたいようだ。だからなのか、二人の間には少し距離があった。

「悪かったな」

伏し目がちに高城がポツリと言った。

「何がです？」

急に高城に謝られ、真二はきょとんしてその意味を尋ねる。

「弟、お前に態度が悪かったやろ？　なんかひどいこと言われへんかったか？」

「あ、いえ、そんなことは……」

真二は慌てて否定した。敵対心は剝き出しにされたが、間違ったことを言われたわけでもない。

「隠さんでもええ。あいつのしそうなことくらい、想像がつく。どうせお前に八つ当たりしたんやろ」

「あれは八つ当たりだったんですか？」

驚いて問い返す真二に、高城は苦笑いで頷く。

「何遍も電話がかかってきててんけどな、どうせまたお前のことを聞き出そうとするつもりやと思て、うっとうしいから出えへんかったんや」

その電話で優弥は横浜に来ることを伝えようとしていたのだろう。優弥が知らせなかったのではなく、高城が聞こうとしなかっただけだ。高城は意外に頑固なところもある。

目的はともかく優弥は高城に会うことも楽しみにしていたはずだ。そう思うと真二の中に優弥に対する同情心が湧き起こってくる。

「俺に八つ当たりするってことは、それだけ高城さんのことが好きだからですよ。俺もその気持ち、すっごくよくわかりますから」

真二は得意げに言った。自分がこれだけ好きになる人なのだから、きっと家族にとっても自慢の息子であり、兄であったに違いない。

高城は一瞬呆気《あっけ》にとられたような表情をしたが、すぐに、

「ちょっとついてこい」

真二に背中を向け歩き出した。真二は高城の突然の行動に驚きながら、遅れないように急いで後についていく。

高城が向かったのは、駅の外に作られたトイレだった。だったらそう言ってくれればと思いながら、真二は建物の外で待とうと足を止める。

「お前も入ってこい」

建物の中から高城が真二を呼んだ。

「でも、俺は別に……」

今はトイレに用はないという言葉は、高城に腕を引かれて途切れた。

中は無人だった。高城は真二の腕を摑《つか》んだまま、一番奥の個室に真二を連れ込んだ。

トイレの個室など、男二人が入れば密着せずにはいられないほど狭い。高城は真二の脇から手を伸ばして扉を閉め鍵をかけた。

「高城さん？」

高城の行動の意味がわからず、真二は戸惑いながらも場所を考え小声で名を呼んだ。

「ちょっと催した」

高城が困ったように笑う。

「だから俺は外に」

「そうやない」

高城の手が真二の首に回された。と思うまもなく、引き寄せられる。

キスをされている。

唇が触れてから気づいても、あまりに突然で、真二は目を閉じることも抱き返すこともできなかった。今までにも高城とキスは何度か交わしたが、全て高城の部屋の中だった。だからキスは高城の部屋でするものだと思いこみ、密室で二人きりになったというのに考えが及ばなかった。

寒さで冷たくなった唇の感触を味わうまもなく、高城はほんの一瞬だけ触れる短いキスを与え、すぐに顔を離した。

至近距離にまだ高城の顔がある。満足げな笑みを浮かべ、呆然《ぼうぜん》とした真二の反応を楽しんでいる表情だった。

何か言おうと口を開きかけた真二を制し、高城は耳を澄ませて周囲の様子を窺った。トイレの外からのような話し声や車の音は聞こえるが、ドア一枚隔てた距離からは何も物音がしなかった。

「よし」

誰もいないと判断して、高城は扉を開けた。そして、真二の体を押しだし、自らも外に出た。高城の読みどおり、トイレ内には誰の姿もなかった。

高城はトイレのドアに触った手を几帳面《きちょうめん》に洗ってから、

「行くぞ」

用は済んだとばかりに、建物の外に出て行った。

「ちょっと待ってください」

真二は慌てて後を追いかける。

「急にどうしたんですか？」

「したなっただけや」

高城は歩きながら答える。

「しゃあないやろ。こんな馬鹿でかい男のことを、かわいい、いや違うな。愛《いと》おしいと思てしもたんやから」

だからキスをしたのだという高城の説明に、真二は感激のあまり言葉を失った。高城がはっきりと真二を愛おしいと言ってくれた。

「今は勤務中やないねんから、かまへんやろ」

大胆なことをしたくせに照れくさいのか、視線を合わさず言い訳を口にする高城を、今度は真二がかわいく愛おしく思う。

「そうですよ。今は勤務時間じゃないです」

真二はさらに足を速め、高城の前に回り込んだ。

「なんやねん」

「仕事中じゃないなら、じっと見つめててもいいんですよね」

「物好きやな」

高城が呆れたように笑う。

「そうですか？　俺は一日中でも見ていたいですけど」

「アホか。また逆戻りさせる気か」

高城がチラッとトイレを振り返る。

「今ので、不安が吹き飛びました」

「不安？　なんのや？」

「こんなに人を好きになったことがなかったから」

その不安を黒川に相談したのは昨日のことだ。自分の気持ちを抑えられないと泣きついて呆れさせた。その答えとして、黒川は高城に打ち明けろと言ってくれたのだ。今がそのチャンスだと思った。

「俺の気持ちが重すぎるんじゃないかって、ずっと不安だったんです」

高城が完全に足を止め振り返った。驚いたように目を見開いている。

「すみません」

驚かせたことと、重すぎる想いを真二は謝罪した。

「謝ることやない。どっちか言うたら、俺は礼を言わなあかんとこやろ」

そんなに好きになってくれてありがとう。言葉にはならなくても、高城がそう言ってくれていることは、鈍い真二にもわかった。

「それに、俺もお前のこと言われへんし」

高城は若干、顔を赤らめ頭を掻《か》く。

「仕事に私情を挟みまくりやで。なんだかんだ理由をつけて、署に顔を出してしまうわ、そのくせ、目を合わしたら冷静でおられへんから視線を合わさんようにしたり。やってることが支離滅裂や」

高城と視線が合わない理由は、真二が思っていたようなものではなかった。本当はもっと嬉しいものだった。

真二はこれ以上ないくらい目尻を下げる。嬉しくて嬉しくて、顔の筋肉が緩みっぱなしになる。

「高城さん、はっきり言うのは照れくさいって言ってたのに、今のすごくストレートでしたよ？」

「うっさい、ボケ」

高城は我に返り、今度ははっきりとわかるほど顔を真っ赤にして、また歩き出す。

「ちょっと待ってください」

真二はまた慌てて追いかける。

高城が駅前まで来て、足を止めた。

「お前、ここに何の用があったんや？」

言葉は関西弁ながら、さっきまでの甘い雰囲気を感じさせない声の響きだった。

「ここが事件の発端なんですよね」

ここに来た目的が、事件の捜査のためだと、真二は素直に事情を説明した。

この駅で、有野は被害者に絡んでいるところを目撃されている。今のところ、それ以前に二人が一緒にいたところを見かけたという目撃情報はない。

「また、単独捜査か？」

「少しでも何かわかればと思って」

「いい心がけだ」

高城が仕事モードに切り替わる。言葉のアクセントが戻った。

「こっちだったな」

高城は駅前を移動する。最初に被害者が立っていたとされる場所を高城も覚えていた。真二もそれに倣《なら》い、その場に立って周囲を見回す。

「目撃者の証言では」

真二は改札近くを見やって、

「ここに立っていた被害者に、有野が向こうから近づいていったということでした」

「被害者はどうしてここに立ってたんだ？　誰かと待ち合わせでもしてたのか？」

「友人知人関係の証言では、そういう情報は得られていません」

「それに、仕事中だったたな」

被害者は営業先からの帰社途中だったことは、会社の上司の証言でわかっている。

「だが、被害者はここで足を止めた」

高城は何か考えるように呟く。

高城が黙ってしまったので、真二は周囲を行き交う人の流れを見ていた。夜の七時を過ぎ、真っ暗になったが、人気は途絶えない。

「やっぱり、人が多いですね」

真二は素直な感想を口にする。バイクを愛用しているから、あまり電車を使うことがなく、駅前の混雑を目《ま》の当たりにする機会もそうなかった。

ＪＲの駅の中では、桜木町が南京町に一番近い最寄り駅になる。仕事帰りの人間だけでなく、観光客も多い。

「そうだな」

頷きかけた高城はハッとしたように顔を上げた。

「被害者周辺を聞き込んでも、有野の影は出てこなかったんだったな？」

高城は何か考えがあるのか、急に話を変えた。

「家族も友人たちも、全く知らないと言ってました」

被害者の交友関係はかなり深く調べたが、今のところ、有野の影はうっすらとも浮かんできていない。

「もし、本当に被害者と接点がなく、ここで初めて会ったんだとしたら、これだけ人がいるなか、どうして有野は被害者に目を付けたのか」

「綺麗《きれい》な人でしたけど」

真二は被害者の顔写真を思い浮かべながら言った。誰もが振り返るほどの美人というわけではなかったが、整った容姿をしていた。

「そういえば、田坂さんが何とかっていう女優に似てるって言ってました」

「何とかじゃ、わからないだろ」

高城が小さく笑う。

「すみません。俺、あんまり興味なくて」

真二は頭を掻いた。忙しいからというわけではないが、ドラマはほとんど見ないし、特別好きな女優もいないため、そんな話になったとき話題に入れなかった。

高城がさらに考え込んでいる。真二も真似して同じように考えてみた。

自分が全くの初対面の人間に声をかけるとしたら、それはどんなときだろう。たとえば、道を聞くとか、時間を尋ねるとか、そういうことならありそうだが、それで口論にまではならないはずだ。残る可能性としては、真二には経験がないが、ナンパなら断られて口論になることはあるかもしれない。

「ただのナンパなら、断られたからといって、腹は立っても殺そうとは思わないだろうな」

真二の考えを読んだように高城が先に口にする。

「目撃者の証言を直接、聞いてみたいな」

高城がそう言って、真二に向き直る。

「連絡先、わかるか？」

「大丈夫です。ここでティッシュを配っていた青年なんで、その会社に電話すれば」

真二は携帯を取り出し、手帳に控えてあった番号に電話をかけた。

有野が被害者と言い争っているところを見たと証言してくれたのは、大学生のアルバイトだった。彼はその会社に登録し、仕事のあるときだけ出勤という形で働いているのだが、運良く今日も近くの駅で配っているところだと言う。

「どうしますか？」

真二は事情を説明し、高城に尋ねる。

「行くに決まってるだろう」

高城の答えを聞き、真二は急いでバイクを取りに行った。高城をその場で待たせ、駐車場から駅前まで、バイクで乗り付ける。

構内を出て待つ高城は、薄いコートを着ただけの姿だった。そういえば、高城は今日、手ぶらだった。バイク用の防寒具を持っていないということだ。検察庁のロッカーにおいてあるはずなのに、よほど急いでここに来たのだろう。

真二はバイクに跨《また》がったまま、ライダースジャケットを脱いだ。

「高城さん、これを着てください」

差し出したジャケットを、高城は素直に受け取った。

「今日だけだぞ。どうせいらないと言ってもお前は聞かないだろうからな」

高城は真二の性格を完全に読み切っていた。高城を震えさせるくらいなら、自分は裸になってもいい。真二は本気でそう思っているし、いつでも実行に移すつもりでいることを、高城はわかっているようだった。だから、言い争う不毛さよりも、素直に従おうと思ったのだろう。

「俺はバイクに慣れてるから大丈夫です。それに寒さにも暑さにも強いんですよ」

「そういうことにしておこう」

高城は慣れた様子でリアシートに跨った。

ここで立ち話をしている場合ではない。目撃者のバイトの時間内に行かなければ、また行き先を問い合わせなければならなくなる。

真二は早速バイクを走らせ、教えられた駅に向かった。

二つ先の駅に着いたのは八時半過ぎだった。

「さすがに夜はそんなに多くないな」

バイクから降りた高城は、辺りを見回しながら言った。繁華街の駅前にはいつもビラやティッシュを配る人が多く、躱《かわ》すのも面倒なときがあるが、冬の夜という悪条件のせいか、今はすぐに数えられるほど少なかった。

「顔はわかるのか?」

「社名のロゴの入ったブルゾンを着ているそうなので……」

真二は長身を生かして見回した。大手消費者金融の名前の入った、派手な蛍光色のブルゾン姿の青年が二人いる。

「どっちかだと思うんで、とりあえず、声をかけてみます」

真二は大股で歩き、近くにいた方の青年に声をかけた。

「すみません、警察ですが、本西《もとにし》くんは?」

「俺ですけど」

もう何度も話を聞かれているからだろう。本西は警察と聞いても驚いた顔はしなかった。

「仕事中に悪いんだけど、この間の事件のことを、また聞かせてもらえるかな。会社の許可はもらってあるから」

「前に話した以上のことはないですよ」

迷惑というよりは困惑した顔で、本西は答えた。

「それでも、もう一度お聞かせ願えますか？」

高城が丁寧な態度で頼んだ。

「話するのは全然構わないんですけど……」

そう言ってから本西は思い出したように、

「そう言えば、あのとき内野《うちの》も一緒だったんですよ」

「内野？　証言はもらってないよね？」

聞き覚えのない名前に、真二は問い返す。捜査資料にあった目撃者の名前の中に、内野という名前はなかったはずだ。

「あいつは犯人の男は見てないからって、証言はしてないんですよ。そこにいるんですけど、聞いてみます？」

もう一人同じブルゾンを着ていたのが、その内野という男だった。年格好は本西と似たようなもので、大学生くらいに見えた。

「お願いします」

真二が頭を下げると、本西は大きな声で内野を呼んだ。その声に気づいた内野が、すぐに駆け寄ってくる。

「この間の事件、お前もあのとき一緒にいただろ？」

本西が真二たちの紹介もせずに、用件を切り出した。

「いたけどさ、犯人の男は見てないって」

「男は？」

高城が内野の言葉に引っかかった。

「もしかして、被害者の女性は見てたってことですか？」

「そうですよ。男の方は全然気づかなかったけど、被害者の女の人が立ってるのは見ました」

「よく覚えてますね」

高城が話を続けるよう促す。

「志保《しほ》ちゃんに似てるなあって思ったから覚えてたんですよ。俺、ファンだから」

「ああ、それだ。片倉《かたくら》志保です」

さっき思い出せなかった名前が浮かび、真二は声を上げた。被害者の写真を見た田坂がそんなふうに言っていた。高城はそれには反応せず、

「彼女の様子で、何か気づいたことはありませんか?」

さらに内野に尋ねる。

「ずっと携帯を見てましたね」

「電話をしてたんじゃなくて?」

「メールでした」

内野は断言した。よほどじっくり観察をしていたようだ。

「携帯っていえば」

本西がまた思い出したように、話に入ってきた。

「女の人と言い争いみたいになってたとき、男も携帯を持ってました」

本西がそのときの状況を思い出しながら言った。

「手に持ってた?」

「左手に」

間違いないと本西は言い切った。

真二と高城は思わず顔を見合わせた。

有野と被害者に携帯を使っていたという共通点が見つかった。それなのに、身柄を確保されたときの有野が所持していた物の中に、携帯はなかった。

被害者の携帯はバッグの中に入っていたが、気になるようなメールはなかったから、捜査会議の話題にはならなかった。

「どうもありがとうございました」

高城は二人に頭を下げ、真二の腕を摑んで急ぎ足になる。

「どうしたんですか？」

急に慌てだした高城に、真二が問いかける。

「すぐに署に帰ろう」

高城は真二を急《せ》かせ、早足でバイクに向かい、歩きながら説明した。

「有野は携帯を所持していなかっただろう？」

高城の質問は真二も疑問に思っていたことだ。

「所持していなかったということは、犯行から身柄を確保されるまでの間に、どこかに捨てた可能性がある。だとしたら、どうして捨てなければならなかったのか」

「あ、でも、被害者の携帯のアドレスには、有野の名前はありませんでしたよ」

真二は捜査資料を思い出し、指摘した。高城が有野の携帯の中に、被害者との接点が見つかるかもしれないと思っているのなら、反対に被害者の携帯を見れば、それはわかるはずだからだ。

「なくてもいいんだ」

高城が納得のできない答えを返す。

「それよりも、大阪にいる田坂刑事たちに連絡をしてくれないか。有野の友人関係を調べれば、携帯の番号がわかるだろう。捨てるくらいだ。私たちが聞いても、有野は正直に答えないだろうからな」

番号さえわかれば、そこから契約している携帯会社に問い合わせて、履歴を調べることができる。

真二はすぐに田坂の携帯に電話をかけ、事情を説明した。

「すぐに調べてくれるそうです」

電話を切った真二は、高城にその内容を簡潔に報告する。

「それじゃ、私たちは結果を待つ間に署に帰ろう」

高城はこの短い間に何かを摑んだようだ。真二にはまだよくわからないが、高城のすることに間違いはない。署に戻るためにバイクに跨ろうとして、

「でも、いいんですか？」

真二は高城に問いかける。

「何がだ？」

「警察の捜査に介入してると思われるのはまずいんじゃあ……」

前回の捜査で高城はそう言って、自分が発見した事件のヒントを真二が見つけたものとしてくれた。真二はそのときのことをまだはっきりと覚えている。

「今はそんなことを言っている場合じゃない。それに、お前とは個人的に親しくしていることがばれてるんだから、飲みに出たついでに気づいたってことにすればいい」

高城がそう言うならと、真二はそれ以上の反論はしなかった。

再びバイクを走らせ署に戻ると、既に田坂から連絡があり、有野の番号が判明していた。真二とほぼ同時刻に帰ったはずの村川も、呼び出しをかけられたのか戻ってきていた。その村川が携帯会社に連絡を取り、履歴を問い合わせているところだった。

「さて、これで何が出てきますかね」

大阪組を除いて、刑事勢揃いで高城を囲む。

「高城検事は現場がお好きなんですか？」

時間を持たせるためではないだろうが、全くの勤務時間外に真二と一緒に現れた高城に村川が尋ねる。

「そういうわけではありませんが、彼と食事をしていると、どうしても話題は事件のことになってしまいますから」

「それで思いついて現場に行ってみたというわけですか」

村川は納得したようだ。これが真二ならしどろもどろになるところだが、高城の言葉はよどみなかった。

「来ました」

ファックスの前で待っていた近藤が、データのプリントされた用紙を手に、早足で皆の所にやってくる。

「駅にいたと思われる時間は、メールを送ってますね」

近藤は用紙に目を通しながら、結果を皆に伝えた。

「その相手を割り出してもらえ」

西越に命令され、近藤が携帯会社に電話をかける。

「しかし、かなり頻繁にやりとりしてますね」

村川が驚いたように言うのも無理はない。有野のメールは、ほぼ同じ相手にばかり送られており、しかもかなりの頻度だった。ほとんど毎日、多いときには一日に何度もやりとりをしている。

「はい、そうですか。ありがとうございます」

近藤が電話を切って振り返る。

「わかりました。有野が駅でメールを送った相手は、小寺千香《こでらちか》、横浜市内に住む三十四歳の主婦です」

「主婦？　どんな接点があるんだ」

村川が首を傾《かし》げる。

「これは、一つの仮説ですが」

結果を聞いた高城がようやく事情を説明し始めた。

「有野はこの主婦と被害者を間違ったのではないでしょうか」

「それはどういう……？」

西越が高城にさらに詳しい説明を求める。

「有野は大阪、この主婦は横浜。頻繁にメールのやりとりをしているようですが、会うのはこれが初めてだとしたら？」

「つまり、偶然、待ち合わせ場所にいたのが被害者で、顔の知らない有野は声をかけてしまった」

西越がその仮説に導かれる答えを口にする。

「そうか。だから、揉《も》めてたんですね。見知らぬ男に親しげに話しかけられ、違うといってもつきまとわれて」

真二もようやく納得できたと声を上げた。

「二人ともほぼ同時刻に携帯を見ていたということですから、有野は自分の送ったメールを被害者が受け取って見ていたと誤解したのではないかと、考えられませんか？」

「ありえますね」

刑事たちは皆、高城の見解に感心し、同意した。

「そう思ったきっかけは、片倉志保という女優です。確か、田坂刑事もそんなことを仰《おっしゃ》って

いたとか」

　この場にいない田坂に代わり、村川が頷く。

「被害者を見たという青年も同じ事を言っていました。つまり、誰が見ても似ているということになります」

　そこまで言って高城は、

「例えば、メールだけで顔も知らない同士が、互いのことを知るために、こんなことを聞きませんか？　芸能人なら誰に似てるかって」

　刑事たちの反応を待った。

「そうか」

　村川がすぐにそれに答えた。

「この主婦が自分は片倉志保に似ていると有野に言ってたんですね。だから、有野は片倉志保に似た被害者がメールをチェックする姿を見て、誤解した」

「ではないかと、私は思っています」

「それじゃ、いくら二人の接点を探したところで、見つからないはずですよ」

　村川が苦笑いする。その見つからないはずの接点を、この数日ずっと探していたのだ。

「あくまでもこれは仮説です」

　高城は刑事たちを牽制《けんせい》するように言った。有野の携帯が見つからない以上、今の話はただの高城の推測でしかない。

「今日はもう遅いですから、明日の朝、早速、この主婦に聞き込みに向かってください」

「わかりました」

捜査に光が見えてきた。連日の疲れも忘れ、刑事課の中は俄然《がぜん》活気づく。

高城はそんな光景に納得したのか、

「それでは、私はこれで失礼します。遅くに申し訳ありませんでした」

前半は皆に、後半は西越に向かって挨拶《あいさつ》をし、高城は廊下へと消えていく。いつもなら真二が見送りに行くのだが、それに気づいた高城に必要ないと視線で制せられた。

高城が刑事課を去ってから、

「となると、有野の携帯も重要な証拠になるかもってことだな」

西越がファックス用紙を見ながら言った。履歴だけでは中身まではわからない。待ち合わせをしていたという確証が欲しいところだ。

「呼び出してみたらどうでしょう？」

村川が提案する。

「事件からもう四日経ってる。電池が切れてる可能性もあるし、そもそも電源を切ったかもしれないが、やってみる価値はあるな」

今日までの捜索は人海戦術でしらみつぶしに当たっていた。もし、携帯が着信してくれれば儲《もう》けものだ。

明日からは定期的に番号を呼び出しながら、捜索範囲を探していくことになった。

「で、どっちが気づいた？」

村川が真二に尋ねる。

「何がですか？」

「今の話のことだよ」

「もちろん、高城さんです」

真二は自慢げに答えた。高城のことを話すとき、無意識に自慢するような口調になっていることに真二は気づいていない。

「もちろんって言うな。お前は刑事だろ」

村川は呆れたような顔になる。

「高城さんと一緒でよかったです。俺一人だと同じ話を聞いてても、何も気づかなかったと思います」

「素直で正直なのも場合によりけりだ」

そうは言いながらも、村川の視線は優しい。

「お前が付き合わせたのか？」

結果としてそういうことになるなと、真二は頷く。

「やっぱり、お前にはそういう運があるんだな」

直接的な犯人逮捕でなくても、きっかけを摑むことができる。自力でなくても、誰かがそれをもたらしてくれる。村川の声には、どこか羨《うらや》ましそうな響きがあった。

「俺じゃなくて、俺の周りにいる人が、俺に運をもたらしてくれてるんです」

高城だけではなく、村川も含めてだと真二は言葉に思いを込める。それに気づいたのか、村川は気恥ずかしそうに笑った。

5

翌日、小寺千香の家を訪ねるのは、真二と村川ということになった。

「本当によかったんですか？　俺たちで」

千香の家に車で向かいながら、真二は助手席の村川に尋ねた。

「結果として、小寺千香を突き止めることができたのは、お前のおかげってことになるんだからいいんだよ」

高城が動いたのは真二と一緒にいたおかげというのが村川の理屈らしいが、真二にしてみれば、また人の手柄を取ったようで居心地が悪い。千香が事件に大きく関わっているかもしれないのだから、他の刑事たちも事情聴取に向かいたかったはずだ。

真二は信号待ちのとき、フロントガラスから空を見上げた。よく晴れた冬の青空が広がっている。

「携帯、見つかるといいですね」

真二は独り言のように呟く。

この青空の下、他の刑事たちは高城が設定した捜索範囲を、凶器と共に有野の携帯を探している。真二たちが抜けた分は他の刑事が穴埋めをする。本当なら自分がそっちにいるはずだと、真二は申し訳なく思った。天気がよかったことが、せめてもの救いだ。

「ああ、見つかれば中身がわかる」

村川の声は真剣そのものだった。

履歴がわかっても、その中身がわからなければ、二人が知り合いだったことが実証できない。千香の携帯にも送受信したメールは残っているかもしれないが、千香が主婦だということを考えれば、すぐに消している可能性もある。有野にはメールを削除しているような余裕はなかったはずだ。

「住所だとこの先になりますけど、車はこの辺りに置いていった方がいいですね」

真二は車道の端に車を停めた。

千香の家は住宅街の中にあった。朝一番からいかつい男二人の乗った車を家の前に乗り付けられれば、何事かと近所の噂《うわさ》になるかもしれない。徒歩の方が人目につきにくいし、それに、狭い道路で車を停めるのは周辺住民に迷惑にもなる。

村川もすぐにそれを理解して、二人は車を降りた。

そこから五分とかからず、千香の家に着いた。村川がインターホンを押すと、すぐに若い女性の声が返ってくる。おそらく小寺千香本人だろう。

平日の午前中に自宅にいる。どうやら専業主婦らしいと真二は推測した。

「警察のものですが、少しお話を聞かせてもらえないでしょうか」

村川がインターホンに向かって話しかけた。

息を呑むような音が聞こえた気がした。その後、ほんの僅《わず》かな沈黙が訪れる。警察と聞いてすぐには答えられない。何かあると思わせるには充分な時間だった。真二と村川は確信を持って、顔を見合わせる。

玄関の扉がゆっくりと開き、表情を硬くした女性が顔を覗《のぞ》かせた。

「小寺千香さんですか?」

村川が問いかけると、女性は黙って頷いた。この女性が千香だとしたら、真二でも知っている美人女優、片倉志保の面影は見つけられない。小柄で少しふっくらとしていて、美人だとも言い難かった。

村川と真二は警察手帳を見せ、それぞれ名乗ってから本題を切り出した。

「有野基治《もとはる》という男性をご存じではありませんか?」

「知りません」

さっきのインターホンのときとは違い、千香は一瞬たりとも考える様子は見せなかった。不自然きわまりない態度だ。もちろん、最初から素直に答えるとは、村川だけでなく真二も思ってはいなかった。

「大変申し訳ないのですが、携帯電話を見せてもらえないでしょうか?」

断られても当然の頼みを村川が口にする。令状もなしに、無理やり提出を強要することはできない。村川の目的は千香の反応を見ることだった。

「私の携帯が、……何か事件に関係でもあるんですか？」

千香の声は震えていたが、どこか覚悟していたような響きも感じられた。

「いえ、ちょっと参考までに」

ベテランの村川は疑っているような素振りは見せず、笑顔さえ浮かべて気軽な調子で答えた。

「何も参考にならないと思いますけど」

てっきり断るかと思ったが、千香は意外に素直に携帯電話を差し出した。

「中身を見させてもらっても？」

「どうぞ」

千香の表情は依然として強《こわ》ばったままだが、携帯を見せることに怯《おび》えた様子はない。おそらく有野とやりとりしたメールの全てを削除しているのだろう。

村川が携帯のボタンを操作するが、案の定、有野からのメールも千香が送ったはずのメールも残ってはいなかった。

だが、そのことが事件と無関係ではないことの証《あかし》だった。すでに携帯会社からの連絡で、有野と千香がメールのやりとりをしていることはわかっている。事件当日、しかも直前まで二人はやりとりをしていた。それなのに、もうメールは残っていない。

「本当に有野さんのことは知らないんですね？」

念を押す村川の声には、刑事としての重みが感じられた。嘘を吐けば、後々困ることになるぞと脅している気がする。千香もそう感じたのか、微《かす》かに怯《ひる》んだように見えた。

そのときだった。

村川の胸ポケットから、無機質な機械音が響いた。携帯の呼び出し音だ。

「ちょっと失礼します」

村川が外に出ることなく、千香の視線の先で電話の応対を始める。

それは村川の作戦だった。電話に出なくても、着信表示で電話をかけてきたのは近藤だとわかる。朝一番、携帯の捜索に向かう近藤に、村川はあらかじめ言ってあった。有野の携帯が発見されたときにはすぐに電話をくれと。

「そうか、わかった」

短いやりとりで電話を切った村川は、すぐに千香に向き直った。

「有野さんの携帯が発見されました」

今の電話はそれを報告するものだった。呼び出し音を鳴らしながらの捜索は、昨日までとは違い、効果覿面《てきめん》だったようだ。必死の捜索がついに実った。

千香の顔から血の気が失《う》せた。

「もうおわかりですね。その中に、あなたが送ったメールが残っていました」

村川の言葉に、千香は呆然とした様子でその場にしゃがみ込んだ。

「詳しいお話を聞かせてもらえますね」

千香は項垂《うなだ》れて頷く。

おそらく覚悟はしていたのだろう。今日まで警察からの問い合わせがなかったのは、有野が携帯を捨てたか、メールを削除したかのどちらか。後者なら知らない振りを続け、前者なら携帯が見つかったら諦《あきら》める。そう思っていたようだ。

「有野さんとはどういう関係ですか?」

村川が肝心の質問を始めた。

「出会い系サイトで知り合いました」

高城が予想したとおりの答えが返ってきた。

「メールのみのやりとりだったんですね?」

有野の携帯には、千香の電話番号も登録されていなかったし、履歴にも残っていなかったことは、さっきの電話で報告されていた。

「そうです。私はただ、暇つぶしのつもりでした」

「有野はそうではなかった?」

「会いたいと言い出したんです」

千香はそれからのことを詳しく話し始めた。

十日ほど前から、有野の会いたいという要求は頻繁になった。何度断っても、有野はしつこく、ついに千香の了解を得ないまま、一方的に会いに行くと言い出した。事件当日、勝手に横浜に出てきた有野は、朝から何度もメールを送りつけ、千香はもう無視することに決めたという。

そして、翌日、千香はテレビのニュースで事件を知った。有野の名前は出なかったが、重要参考人として、大阪在住の男が警察に連行されていること、それに被害者の顔写真が何より有野の犯行だと確信させた。メールだけで顔が見えないのをいいことに、千香は自分が片倉志保に似ていると伝えていた。被害者の生前の写真は、遺族が写りの良い写真を選んだのか、片倉志保そっくりに優しくほほえんでいた。

その後すぐ、千香はメールを削除し、無関係を装うことにしたのだと打ち明けた。

「あなたが罪に問われることは何もありません。それなのに、どうして名乗り出なかったんですか？」

千香がもっと早く名乗り出てくれていれば、事件は早くに解決した。この数日の捜査員たちの労力を思いだし、村川は責めずにはいられなかった。

「でも、私のせいで人が死んだなんて……」

張り詰めていた緊張が解けたのか、千香の瞳に涙が溢《あふ》れる。

村川に言われるまでもなく、千香はずっと自分を責めていた。遊びのメールが殺人を引き起こすきっかけになった。しかもその中で吐いた嘘のせいで、無関係の女性が被害者になってしまった。

「ご協力、ありがとうございました」

村川が千香に頭を下げ、真二もそれに倣った。

「朝早くから失礼しました」

「私は警察には……？」

「お越しいただくまでもありません。あなたが罪を犯したわけではないんですから。また何かあればお話を伺うことはあるでしょうが」

その場にうずくまったままの千香を残し、二人は千香の家を後にした。

「これで後は有野の自供を取るだけだな」

村川の顔が活気に満ちていた。一夜明けて事件は急速に解決に向かっている。先が見えれば疲れなど感じなくなるものだ。

「もっとも、さっきは言えなかったが、凶器のナイフも一緒に発見されたというから、そこから奴の指紋が出れば、自供の必要もないがな」

そう言って、村川はさっきから手に持ったままだった携帯で、署に報告の電話をかけようとした。メールの中身はわかっていても、裏付けは必要だ。村川の報告を刑事課では待っている。

「お前も、電話をかけたかったらしていいぞ」

ボタンを押す手を止め、村川が真二に言った。

「えっと……？」

署への連絡は村川がする。他にどこに連絡をするべきだったかと、真二は首を傾げる。

「高城検事には世話になったからな」

「メールします。取り調べ中かもしれないし」

村川の心遣いに感謝し、真二は嬉々《きき》としてメールを打ち始めた。隣で村川が呆れたように笑ったことにも気づかない。高城の読みが当たったこと、千香が事実を話したことを真二は打ち込んでいく。

送信し終わる頃には、車に辿り着いていた。

それからまっすぐ署に戻った。

「お疲れさまです」

真二たちを出迎えてくれる声も明るい。既に捜索組は帰っていた。

「村川さん、これが携帯です」

近藤が有野の携帯を村川に差し出す。

「凶器は？」

「同じ場所に捨ててありました。今、鑑識です」

発見場所は側溝の中だ。この四日間雨が降らなかったのは幸運だった。携帯も凶器も流されることなく、指紋も血痕《けっこん》も残っていた。

「有野は？」

「もう取調室に呼んであります」

「田坂には悪いが、村川、頼んだ」

西越に指名され、有野の取り調べは村川が行うことになった。

田坂には凶器の発見と携帯のことを話し、戻ってくるように言ったが、それもほんの一時間前のことだ。大阪からでは到底間に合わない。

「諏訪内《すわうち》、ついてこい」

真二は村川の後について、取調室に入った。有野がふてくされた様子で座っている。村川は机を挟んで向かいに座り、真二はその後ろに立った。

「お前の携帯が見つかった」

有野の向かいに座るなり、村川はそう切り出した。表情の変化を見逃さないように、真二はじっと有野の顔を見つめる。

有野は無言だった。けれど、その顔は雄弁に物語っている。視線はさまよい、唇が乾くのか、やたら舌で潤そうとしている。

「それでやっとわかったよ。お前がどうして横浜に来たのか」

村川は有野の様子を探りながら、一言一言、言い聞かせるように言った。

「待ち合わせをしてたんだな」

有野はそうだとも違うとも言わず、それでも明らかに村川の言葉に耳を傾けているのはわかった。

「お前が待ち合わせをしていた美春《みはる》さん、だったか、彼女は今もピンピンしてるぞ」

その言葉を聞いた瞬間、ぼろぼろになりながらも有野が何とか被《かぶ》っていた仮面は、全て剝《は》がれ落ちた。

美春というのは、千香が使っていた偽名だ。二人のメールのやりとりは、有野は本名で、千香は偽名を使って行われていた。

「美春さんは初めから待ち合わせ場所に行く気などなかった。メールでも行かないと言われていたんじゃなかったか？」

「でも、だって、それやったら……」

ようやく有野が口を開き、意味をなさない言葉を紡ぐ。

「たまたま片倉志保に似ていた被害者が、待ち合わせ場所に立っていただけのことだったんだ」

「そんな……」

村川が告げた事実に、有野は愕然《がくぜん》としている。

「俺はてっきり、あの人がそうやと思ったから」

「だから、知らないと言われて、カッとなったのか？」

有野は頷いた。

「知らんて言い張るから。俺は美春さんに会いたくて、そのためだけに大阪から出てきたのに、それを知ってるくせに……」

譫言《うわごと》のように有野が呟く。もう自供したも同然だ。

「その後どうした？」

「後をつけて、人がいなくなるのを見計らって、また声をかけました」

その光景が目に浮かぶようだ。そして、その先の悲劇に、真二は顔を歪めた。

「そしたら、しつこいて、警察を呼ぶて言われて」

「持ってたナイフで刺したんだな？」

有野はがっくりと項垂れて頷いた。

これで真二たち刑事課にとっては、事件は終わったも同然で、後は逮捕状を請求し、検察庁に送致するだけだ。

聴取を終え、取調室を出たときには、もう昼を過ぎていた。

刑事課の応接テーブルの上には、寿司桶《すしおけ》が載っている。到底、誰か一人分の昼食の量ではない。

「課長、ありがとうございます」

めざとく見つけた村川が、西越に向かって頭を下げた。

「俺じゃない」

西越が即座に否定する。

「じゃあ、誰が？」

刑事たちは互いの顔を見合い、自分ではないと首を横に振る。

「高城検事だ」

「課長、もう報告されたんですか？」

それにしても早すぎる。有野が自供したのはついさっきだ。

「いや、これからしようと思ってたところだ」

「あ、じゃあ、俺のメールで」

真二は有野の携帯が発見されたことと、千香の証言がとれたことはメールで報告していた。十時過ぎのことだ。どうやら、高城はそれから昼に届くように手配してくれたらしい。事件解決を祝ってと慰労の意味もあるのだろう。

「高城検事がこんなことしてくれるの、初めてですね」

他の刑事が早速、寿司桶の前に座って言った。もう食べる気充分だ。

「弟のこともあって、気を遣ってくれたんだろうな」

村川が向かいに座り、箸《はし》を持つ。

「せっかくのご厚意だ。いただこう」

西越が言うが早いか、そこら中から手が伸びる。

「どちらかと言えば、俺たちの方から高城検事に何かお礼をしなきゃいけないくらいなんだがな」

西越も箸を動かしながら言った。

食事の間の会話は高城の話に終始した。現場好きのエリート検事の話は、未《いま》だ謎《なぞ》が多く、話は尽きることがない。仲がいいと思われている真二にも、度々話が振られた。生い立ちや家庭環境などは、真二も知らないことが多く、逆に噂話を知っている刑事から教えられることもあった。

久しぶりの穏やかで楽しい食事も、ほぼ終わろうとしていたときだった。

「おや、お食事中でしたか」

そう言いながら室内に入ってきたのは、里見《さとみ》と優弥だった。

「西越課長、先ほどはありがとうございました」

どうしてすぐにやってきたのか、その理由は里見の言葉ですぐにわかった。取り調べ中に、西越が連絡していたようだ。

「いろいろご迷惑をおかけしました」

里見が頭を下げる。

「まさか、そのためにわざわざ？」

村川が驚いたように問い返すと、里見は笑顔で頷く。

有野が逮捕され、検察庁に送致されると決まれば、もうここには用はないはずなのに、里見は挨拶とお詫《わ》びのためにきたようだ。

「しかし、今回は参りました。私たちはまんまと騙《だま》されていたというわけです」

里見が苦笑いする。

「私に依頼をしてきたのは、彼のご両親です。父親とは大学の同窓生でしてね。その縁で弁護を依頼されたんですが、残念です」

弁護士は依頼人を信じることから始まる。いつかそんなことを聞いた気がする。里見は何もしていないと言い張った有野を信じたのだろう。

里見の後ろには優弥がいるが、まだ一言も発していない。

「とりあえず、我々は一度大阪に戻って、依頼人であるご両親に事件の顛末《てんまつ》をお話ししてきます」

「また戻ってくるんですか？」

とりあえずと一度という言葉に引っかかった村川が尋ねる。

「おそらく、次は正式に裁判での弁護を依頼されるでしょう」

弁護士として本来の仕事はこれからだ。そう考えると、真二との対決はなくても、兄弟対決はおこりうるのではないか、真二はそんな思いで黙ったままの優弥を見た。視線に気づいたのか、優弥が真二に視線を向ける。睨《にら》むようなキツイ瞳は相変わらずだ。八つ当たりは今も続いているらしい。

できることなら、高城の家族には好かれたい。今までは人に好かれようとして行動したことなどなかったが、初めてそんなふうに思った。けれど、そうなるためにはどうすればいいのかわからない。

真二は何も言えず、優弥も口を開かないまま、里見の挨拶が終わり、優弥は里見と一緒に帰っていった。

だが、真二にプライベートなことを考え込んでいる暇はなかった。一つ事件が終わったからといって、警察の仕事が何もなくなるわけではない。殺人事件など度々起こるわけではないが、窃盗や傷害などの事件は日々多発している。今日の午前中にも傷害事件の通報があり、別の刑事が向かっている。

けれど、今日は珍しく他に何も起こらなかった。午前中の傷害事件も、犯人がその場にいたため、すぐに解決し、夕方までには片づいた。

「今日はみんなご苦労だった。このまま何もないことを祈って、当直以外はとっとと帰ることにしよう」

西越が切り出すと、誰も彼も急いで帰り支度を始める。運悪く当直だったのは、村川だ。恨めしそうな目で、帰る刑事たちを見送っていた。

真二の帰り支度はライダースジャケットを羽織るだけだ。すぐに廊下に出た真二の胸ポケットで、携帯がメールの着信を知らせるメロディを響かせた。真二は歩きながら、チェックをする。

高城からだった。

最初に事件の解決を慰労する言葉があり、それから、予定がなければ夜に自分の部屋を訪ねてこないかという誘いだった。真二は速攻で絶対に行くと返信をした。

ただ高城が指定した時間には、まだ二時間もある。定時で帰れるほど、高城は暇ではない。それなのに、合間を縫ってメールをくれるのが嬉しかった。

真二は二時間を潰《つぶ》すために、まずは、一度寮に帰った。それから近くの定食屋で夕食を取る。これで約束までは残り一時間足らず。だが、高城のマンションまではバイクで二十分。まだ時間が余る。

真二は思い切って署に戻ることにした。

夜の街にバイクを走らせる。

節電のため、夜間は極力照明の抑えられた署内を、刑事課に向かって歩いていく。スニーカーの真二の足音はほとんど響かない。署内は静かだった。この静けさが、事件の起こっていないことを教えてくれる。昨日までは夜でも署内は騒がしかった。

「おう、どうした？」

夕刊を読んでいた村川が、少し驚いた顔で真二を迎える。

「ちょっといいですか？」

「ああ。そのかわり、通報があったら付き合えよ」

村川は気さくな口調で答えた。事件の通報はいつ入るかしれない。それまでの間なら、村川にも話に付き合う余裕があるということだ。

「前に付き合ってる人のこと、話しましたよね？」

「うっかり聞かされたな」

「俺、その人の家族に嫌われてるみたいなんですけど、どうしたらいいでしょう？」

今の真二の悩みはそのことだ。ほんの数時間前に向けられた優弥の冷たい視線が、はっきりと目に焼き付いている。

真二が男と付き合っていると知っているのは、黒川と村川だけだ。真二はより人生経験の豊富な村川に相談することにした。

「どうしたらって、紹介でもされたのか？」

「そうじゃないんですけど、家族に俺のことを話してくれたみたいなんです。その後で家族に会う機会があったんですけど」

「でまあ、露骨に嫌な顔をされたと？」

先読みして言った村川に、真二は頷く。

「仕方ないだろ」

「どうしてですか？」

「それが世間一般の常識だからだよ」

真二は納得できずに、村川を見つめ返す。

「どこの親だって、自分の子供が幸せな結婚をして、暖かい家庭を築いてくれることを願ってるもんだ。俺にも息子が一人いるが、そう思ってる」

親の心情を村川に教えられる。

男同士では婚姻はもちろん、子供などできるはずもない。真二は今までにそのことについて思い悩んだことがなかった。大好きな人と同じ想《おも》いで一緒にいられることを、ただ嬉しいとしか思っていなかった。

男同士が歓迎されない関係であることを、真二は初めて思い知ることになる。

「世間の慣習や常識なんざ、すぐに変わるもんじゃない。ましてや、他人事《ひとごと》じゃなく、自分の家族の話だ。そう簡単には納得もできないだろう」

優弥の態度は、高城の言うような八つ当たりではなく、高城を認められない関係に引きずり込んだ真二への反感だった。

「認めてもらうのは無理なんでしょうか?」

「一概には言えないな。どうしても認めてもらいたいって言うんなら、時間をかけて説得するしかないんだろうが」

村川はそこまで言ってから、じっと真二を見つめる。

「家族に認めてもらいたいっていう、お前の気持ちはわからなくもない。けどな、大事なのは互いの気持ちだろ?」

「それはもちろん」

真二はためらうことなくきっぱりと答えた。高城を想う気持ちは誰にも負けない自信がある。

「だったら、自分の気持ちをしっかり持って、二人で気長にやってくしかないんじゃないか」

村川は笑顔さえ交えて言った。それはアドバイスというより、困難な道を選んだ真二への励ましの言葉だった。

「ま、今のは、親としてじゃなく、一人の男としての意見だけどな。俺がお前の親の立場になって、同じ事が言えるか自信はない」

正直な村川の言葉に、真二も笑うしかない。

「まあでも安心したよ。お前が遊ばれてるんじゃないってわかって」

「そんなふうに思ってたんですか？」

意外なことを聞かされ、真二は驚いて問い返した。

「どう見たって、お前は簡単に騙されるタイプだろ」

村川は悪びれずに答える。

「言わなくてもいいことをわざわざ家族に話したんだ。相当に本気だって証だろう」

村川の言うとおりだ。たとえ、高城が一生を独身で通したとしても、それが男と付き合っているからだとはすぐには思いつかないだろう。今は男女問わず独身を貫く人も多い。結婚をするわけではないのだから、黙っていれば気づかれないことを高城は家族に打ち明けてくれた。隠し事の嫌いなまっすぐな性格だからというのもあるだろうが、それ以上に今の気持ちを真摯《しんし》に受け止めてくれている証拠だ。

「ありがとうございました」

真二は村川に向かって、深く頭を下げた。

「何かの役に立ったのか？」

「はい。すっきりしました」

真二は嘘偽りのない言葉で答える。解決策にはならなかったが、人に話し、理解してもらえたことで楽になった。

村川といい黒川といい、いつも真二は周りの人間に助けられる。

「しかし、残念だな。通報がなかった。せっかく付き合わせてやろうと思ってたのに」

村川が本当に残念そうに言った。真二のいる間に、刑事課の電話は一度も鳴り出すことはなかった。今日はまだ平穏な日が続いているようだ。

真二は村川に見送られ、刑事課を後にした。

6

署から高城のマンションまでは、バイクを走らせれば二十分で着ける。冬の寒さも高城に会えると思えば感じない。

ちょうど二十分後、真二は高城のマンションの下にいた。

六度目の訪問もやはりドキドキは治まらず、緊張と興奮で昂揚《こうよう》し、真二はエレベーターを使わずに階段を駆け上がった。

はやる気持ちを抑えて、インターホンを押す。いつもよりは少し間があって、ドアが開いた。

「入ってくれ」

応対に出てきた高城の表情は険しく、言葉も素っ気ない。自宅で高城がこんな表情を見せるのは珍しいことだ。

「どうかしたんですか？」

真二は靴を脱ぎながら尋ねる。その答えを高城が口にしようとしたとき、

「誰が来たんや」

高城の声の代わりに、奥から優弥の声が聞こえてきた。

「お前か」

すぐに顔を見せた優弥は、真二を認め露骨に嫌そうな顔をする。

「あの、俺、帰りましょうか？」

兄弟水入らずを邪魔しては悪いと、真二は小声で高城にお伺いを立てる。

「かまへん。こいつの方が勝手に来たんや」

高城も表情が険しい。構わないと言われても、居心地は悪かった。

「なんでやねん。こいつとはしょっちゅう会ってんのやろ」

優弥が真二を追い返すように言うが、高城は取り合わず、真二の腕を引いて部屋の中に入っていく。

「ちょお、待てや」

真二の肩に優弥の手がかかった。真二はダイニングで足を止め、釣られて高城も立ち止まる。

「お前、しょっちゅう、ここに入り浸ってんのか？」

振り返った真二に、優弥が詰問口調で尋ねた。

「しょっちゅうってわけじゃ、高城さんはお忙しいし……」

「なんや、兄貴が悪いっちゅうんか」

正直に答えようとした真二を優弥が遮って怒鳴る。

「優弥、口の利《き》き方をなんとかしろ」

今度は高城が兄の威厳で優弥を叱《しか》った。

「俺はこいつのことを許してへんねんぞ」

「そやからなんや。お前の許可があろうがなかろうが、こいつは俺にとって大事な男や。お前にそんな偉そうな口の利き方をされる覚えはない」

高城は自分の口の悪さは棚に上げ、優弥には冷たく言い放つ。

真二は二人のやりとりを、ハラハラしながら見守っていた。高城に大事な男と言われたことは嬉しいのだが、優弥に対しての態度が厳しすぎる気がして、素直に喜べない。現に、優弥はひどく傷ついた顔をしている。

「でも、家族に認めてもらった方が」

真二なりにフォローしようと控えめに口を挟んだ。

「そやから、認めへん言うてるやろ」

真二はまた優弥に怒鳴りつけられた。

「ええ加減にせえ。お前、何しに来たんや」

高城はもはや大声を出すのも馬鹿らしいとばかりに、呆れた声で言った。

どうやら優弥が来たのも、真二とさほど変わらない時間だったようだ。考えてみれば、高城は帰宅がこの時間になると言っていたのだから、もっと早くに優弥がいるのは不可能だ。

仮にもしそうだったとしたら、高城は真二に連絡をしてきただろう。

「目的なんか一つしかないやろ。兄貴を説得するためや」

「説得？　お前にそんなもんされる覚えはない」

高城は冷たく切り捨てる。

二人は激しく早口の関西弁でまくし立て、真二は口を挟むどころか、その意味さえも半分もわからなかった。

ひとしきり言い争った後、二人は息継ぎをするかのように揃って口を閉ざした。どちらも肩で息をして、真二は初めて二人が似ているところを見つけた。

「親父《おやじ》は兄貴に期待してたんや」

優弥がぽつりと呟く。

「今でもそうや。いずれは検事を辞めて、自分の跡を継いでほしい思てる。昔からそうやったやろ？　兄貴には期待してる分だけ厳しかった」

優弥の話から、高城の父親が弁護士をしているのだと、真二は初めて知った。高城が法曹界を目指したのも、それが大きく関わっていたはずだ。検事を目指したのは大学に入ってからだと言っていたから、法学部に進むと決めたときは、父親の職業を考えていたのではないだろうか。

「それが、今になって、結婚はせん、大阪には帰らんなんて、認められるわけないやろ」

結婚はしないと言ったとは聞いていたが、大阪に帰らないまでは知らなかった。真二は驚いて高城の顔を見つめるが、高城はそれどころではないらしい。

「親父のことはお前の誤解や」

「何が誤解やねん。実際、親父が厳しかったんは兄貴にだけやったやないか。俺はほったらかしで、兄貴の進路にばかり口を挟んどった」

優弥が語っているのは、父親のことではなく自分自身のコンプレックスだ。村川が兄弟にも家族にも高城を持つのは嫌だと言っていたことを真二は思い出す。出来のよすぎる兄がいる優弥の気持ちは、真二にも、高城にも理解できない。

「それはお前の方が親父と馬が合っただけのことや」

高城は存在を思い出したように、真二に向かって、

「親父と俺は性格が似すぎてるせいなんか、顔を合わせば喧嘩になる。その点、優弥は明るい性格でな、こいつと一緒のときは、親父もよう笑てた」

そう言って笑う高城の顔は優しげで、弟を自慢しているようにも聞こえる。

「それは跡を継がせるとかを考えんでもよかったからや」

「あのなあ」

高城は呆れたように頭を掻く。

「跡を継ぐとか継がんとか、弁護士は伝統工芸やないねんぞ。そんなもん、個人の好きにし

たらええねん」

「親父はそうは思てない」

「直接、そう聞いたんか？」

高城の問いかけに、優弥は黙って首を横に振る。

「親父のことはともかく、俺は検事を辞めるつもりはない」

高城はきっぱりと言い切った。

「そんなに検事が楽しいんか？」

「やりがいがある」

誇りと自信に満ちあふれた言葉だった。その表情からも、高城が検事の仕事に生《い》き甲斐《がい》を見つけていることがわかる。

「刑事らが兄貴のことを褒めとった」

優弥が急に話を変えた。

高城が事件解決のヒントをくれたことを、優弥に話した覚えはないが、今日の昼に里見達が顔を出したとき、その直前まで高城のことを話していた。おそらくそれを聞かれていたのだろう。

「現場に出て行ったんやてな。しかも、勤務時間外に」

「それはたまたまや。お前がこいつと出くわしたときな」

「呼び出したんか？」

優弥は真二に問いかけた。それに真二が答える前に、

「お前がいらん喧嘩をふっかけたからやろ」

高城が責めるように言って、優弥がグッと言葉に詰まる。

「お前も何か調べに行っとったんか？」

「俺のことはどうでもええ」

優弥が何か調査をしていたのだとしても、それが成果に表れていないことは、結果として
わかっている。優弥もそんなことを言いたくはないだろう。

「わざわざ兄貴が現場に出向いたんは、とっとと事件を解決して、俺を帰らせたかったから
やろ？　俺に長居されたら、何を言われるかわからんからな」

「何の話や」

「こいつと付き合うてること」

優弥は真二を指さして、

「俺にばらされたら、兄貴の立場がなくなるもんな」

「そんな心配はしてへん」

「どうだか」

優弥は鼻で笑う。

「兄貴、ハゲ親父にセクハラされて殴り飛ばしたから、横浜くんだりに異動になったんとちゃうんか？　ボクシング始めたんかて、男にちょっかいかけられへんように強なりたいからやったんとちゃうんか？」

優弥の口からは真二の知らない事実が次から次へと出てくる。

「そやのになんやねん。今更男と付き合うやて？　ハゲ親父は嫌でも、こいつやったらええんか？」

優弥が蔑《さげす》むような視線を高城と真二に向ける。

「兄貴がホモやなんて、みっとものうて人に言われへんわ。ええ年して、今更男に走るやなんて、何をトチ狂てんねん」

「ええ加減にせえ」

高城が本気で怒っている声だ。それに気づいた瞬間には、もう真二は動いていた。高城と優弥の間に体を滑り込ませる。

「アホかっ」

声が耳にはいるのと、腹に衝撃を感じたのはほぼ同時だった。真二は声も出せずに膝《ひざ》を落とし、その場にうずくまった。

「諏訪内、大丈夫か？」

焦《あせ》ったような高城の声に、真二は涙目のまま顔を上げる。

「やっぱり効きますね」

アマチュアとはいえ、元日本チャンピオンのパンチをまともにくらっては、真二の体格をもってしてもダメージは大きかった。

「なんでこいつを庇《かば》たりしたんや」

高城は心配そうに自分が殴った場所を見つめている。

「俺の方が頑丈にできてますから」

「そうやなくて」

「だって、高城さんの弟さんですよ。怪我《けが》させるわけにはいかないです」

大事な人の家族だから守りたい。真二の想いに、高城は照れたような笑顔で応えた。

「ホンマもんのアホやな」

「怒られてるわけじゃないですよね？」

「そんなわけないやろ」

高城が呆れて笑う。

「何を二人の世界作ってんねん」

優弥の声で、真二も高城もハッと現実に戻った。高城は途端に険しい顔になり振り返る。

「誰のせいや」

「兄貴の手が早いのが悪いんやろ」

「今度こそ、ホンマにお前を殴ったる」

高城が再び拳を握った。

「駄目ですって、高城さん」

真二は慌てて高城を羽交《はが》い締《じ》めにする。

「離せ、諏訪内。こいつは口で言うてもわからん」

「だったら、また俺を殴ってください」

真二の言葉に、高城が毒気を抜かれたように、振り上げた腕を降ろした。

「なんや、アホらしなってきた」

真二ももう大丈夫だと高城を解放する。

「諏訪内に感謝せえよ。こいつがおらんかったら、顔の形が変わるくらいに殴ってるとこや」

「俺は礼なんか言わへんぞ。庇てくれなんて頼んでないからな」

そう言いながらも、優弥の視線はさまよっている。真二が代わりに殴られたことを気にしている証拠だ。高城の弟だから、絶対に悪い人ではないと真二は思っていた。それがはっきりと確信できた。

「でも、よかったですね。仲直りできて」

真二の言葉に、高城も優弥も虚を突かれた顔で、呆気《あっけ》にとられている。

「諏訪内、今の流れで、どこが仲直りになんのや？」

「違うんですか？　でももう殴ったりしないですよね？」

「殴らんから仲直りっちゅうわけと……、もうええわ」

高城が途中で諦めたように言って、笑った。真二を納得させるのは時間がかかると思ったらしい。付き合って三ヶ月あまり、若干思いこみの激しい真二の性格ごと、高城は真二を認め受け入れてくれている。

「兄貴、ホンマにこいつでええんか？」

優弥が呆れ顔で高城に問いかける。

「何がや？」

少しムッとした顔で高城が問い返す。

「こんなアホみたいに思いこみが激しいて、馬鹿正直やったら、周りにばれるんも時間の問題やで」

あまりにもその通りで、真二は反論も弁解もできず、情けない顔で高城を見つめる。

「そんなときはそんときや」

高城は既に何かを吹っ切ったように、すっきりとした顔をしている。

「こいつが馬鹿正直やなかったら、俺はこいつに惚れてへん」

「こいつのどこがそんなにええねん」

それは真二も聞きたいことだった。高城が自分のどこを好きになってくれたのか、はっきりと聞いたことはないし、どこだと自信を持っても言えない。

「こいつのそばは居心地がええねん。びっくりするぐらい、素《す》の自分でおれる」

高城が優しい笑顔を見せてくれる。二人きりのときに見せてくれるあの笑顔だ。その笑顔と初めて聞く言葉に、真二は嬉しくて泣きそうになる。

「俺の前より？」

「俺は兄貴やから、どうしてもお前にええカッコして見せたい。お前かてそうやろ？」

「俺は……」

優弥は反論したいのにできないでいる。高城の言葉は優弥の気持ちを言い表していた。

「そやけど、こいつの前ではカッコ悪いとこでも平気で見せられる」

「もうええわ」

優弥が席を立った。

「そっちはそっちで好きにしたらええ」

「帰るんか？」

「今やったら、ギリギリ最終の新幹線に乗れる」

優弥が玄関に向かって歩き出す。

「ちょっと待ってろ」

高城が追いかけるように立ち上がり、優弥の後に続く。

「勝手なこと言うようやけど、親父とお袋のこと、頼んだぞ」

玄関先にいる高城の声がリビングにまで聞こえてくる。

「ホンマに勝手やな。長男のくせに」

「双子で長男もくそもあるかい」

兄弟の声が笑い合っている。さっきの兄弟げんかが嘘のようだった。

高城は外まで見送ったようで、一度ドアが閉まり静かになり、それからしばらくして、またドアが開く音がした。

「悪かったな、兄弟げんかに巻き込んで」

戻ってきた高城は、まず真二に謝った。

「いえ、それはいいんですけど」

真二は珍しく考えこんだ顔で答える。

「そしたら、なんや?」

真二の表情の変化に高城が気づかないわけがない。

「俺、高城さんのカッコ悪いとこなんか、見たことないです」

「あるやろ」

高城が顔を赤らめる。

「ありましたっけ？」

「そやから」

どうしてわからないのかと高城は焦れたように、

「必死になって焦って、そんでもお前が欲しいて……」

ようやくわかった。高城が言っているのは抱き合っているときのことだ。いつも冷静な高城が冷静さをなくすときを、確かに真二はよく知っている。

「さすがにそういう顔は家族には見せられへんやろ」

「俺だけの特権ですか？」

「まあ、そうやな」

真二はこれ以上ないくらいに相好《そうごう》を崩す。

「事件も解決したし、これでやっとホンマに落ち着いたな」

高城は肩を手で解《ほぐ》しながら言った。

「お疲れさまでした」

真二が言うと高城が笑う。

「それはお前や。俺の仕事はこっからや」

「頑張ってください」

「おう、任せとけ」

仕事の場では全く見られない高城の姿だ。今日の昼もまだまだ謎が多いと結論づけられた高城だったが、皆がこの姿を見たらさぞ驚くことだろう。

「そういえば、お昼、ありがとうございました」

昼のことを思い出したとき、そのきっかけとなった高城の差し入れも思い出した。真二は直接言えなかった礼を口にする。

「いや、弟が迷惑をかけたしな」

やはりただの慰労ではなかった。村川の推測は当たっていた。

「兄弟っていいですね」

「お前も妹さんがおったやろ？」

いつだったか高城には家族のことを話したことがある。高城はそのことを覚えてくれていた。

「そうじゃなくて、高城さんの兄弟だといいなあって思ったんです。俺の知らない高城さんをいっぱい知ってるでしょう？」

双子だから生まれた瞬間から一緒だ。高城は大学卒業時に実家を出たというから、それでも二十二年間はずっと一緒だったことになる。真二は気づいていないが、それは優弥に対しての嫉妬《しっと》だった。

「何を言うてんねん」

少し照れくさそうな顔で笑い、高城が軽く真二の頭を叩《たた》く。

「お前には、優弥にも親にも見せたことのない顔を見せとんのやで」

思わせぶりな言葉で高城が真二を見上げる。上目遣いの表情が、あのときの色気溢れる表情に繋《つな》がり、真二は思い出して顔を赤くする。

「それに、時間の長さはこれから埋めてったらええんとちゃうか？」

魅惑的な笑顔で高城が真二の顔を覗き込む。

「もっとも、そうするつもりがあるんやったら、やけどな」

「これからも、ずっと一緒にいたいです」

真二は一瞬たりとも迷うことなく即答した。

「今のは誘導尋問や。簡単に引っかかってたらあかんぞ」

「高城さんだから、引っかかったんです」

真二は本望だとばかりに見つめ返す。

高城の手が真二の首に回った。真二も高城の腰に手を回す。

顔が近づくのは自然だった。

二人は抱き合い、キスを交わす。今日はこの間のように切羽詰まった状況ではない。時間の余裕もあるし、スペースの余裕もある。

互いの体温が上がっていくのを、互いに肌で感じた。

高城の唇の感触は覚えているはずなのに、毎回初めてのような新鮮さがある。今日は冷たくはなく、真二よりも暖かいくらいだ。高城の薄い唇が開き、真二の舌を誘い込む。中は熱く、真二をとろけさせる。

このまま先に進もうとして、真二は自分が汗くさいことに気づいた。実は今日の午後、地元高校生と修学旅行生の乱闘騒ぎに、少年課の助っ人として駆り出され、相当派手に体を動かした。そこで、さんざん汗を掻いたままだ。仕事中は気にならなかったが、これだけ高城と密着すると高城のいい匂いに、逆に自分の汗くささが気になってくる。こんなことなら寮に戻ったときに汗を流してくるんだったと真二は後悔した。

「あの、シャワーを浴びさせてもらっていいですか？」

「何のために？」

そんな切り返しが来るとは思わず、真二は絶句する。

「冗談や。俺は別にお前の汗のにおいは気にならへんけどな。お前が気になるんやったら、行ってこい」

高城が笑って、真二の背中を押してくれた。

「すみません」

真二は急ぎ足で浴室に向かった。過去にも借りたことがあり、勝手はわかっている。ユニットバスではなく、きちんと浴槽と洗い場のある広いバスルームだ。真二ほどの大柄な男でも、一人で入る分には充分な広さがある。

真二は壁にかかったシャワーヘッドの下に立ち、栓を回した。

真冬なのに、少し温《ぬる》めのお湯にした。火照《ほて》りすぎた体を冷ますためだ。さっきのキスで、心臓がまだバクバクしている。慣れる日がくるのかと思うほどに、高城と抱き合うたびに、興奮と緊張が押し寄せる。

真二がバスルームに入って、たぶん、まだそんなに時間は経《た》っていない。ただ汗を流すだけだから、そんなに時間もかからないし、高城を待たせるつもりもなかった。それなのに、バスルームのドアが開いた。

真二が驚いて顔を向けると、全裸の高城が立っていた。

「た、高城さん」

真二は焦って後ずさる。

高城は何も隠していなかった。風呂場の照明は、はっきりと高城の姿を照らし出している。細く引き締まった体に、真二は視線を奪われた。

真二の中心に、一度は収まりかけた熱が急速に集まる。それを隠そうと、真二は高城に背中を向けた。

「ついでに俺も入ろかと思てな。待ってんのは時間がもったいないやろ」

言っていることの理屈はわかる。わかるけれど、一人で入るには充分な風呂も、男二人が入るには狭い。しかも真二は人並み外れて大柄だ。逃げ場所などどこにもなく、自然と体がくっついてしまう。

「洗たろか？」

高城は真二の背中に触れる。

「まずいですって」

「何がまずいねんな」

高城が後ろから抱きつくように手を回して、いきなり真二の中心を握った。

「うわっ……、ちょっと」

真二は自然と前屈《まえかが》みになる。ただでさえ、熱くなっていたところに直接触られれば、我慢などできるはずもない。

「高城さん、ホントにもう……」

このままではあっけなく達してしまうと、真二は情けない顔と声で訴えた。それが通じたのか、高城の手が離れ、真二はホッとする。

けれど、安心したのは一瞬だった。

「こっち向け」

高城の命令には、条件反射で体が動く。人口密度のせいで狭くなったバスルームで、振り返ると、高城が風呂場の床に膝をついて屈んでいた。高城が何をするつもりなのか、一目瞭然だ。

二人の間には、シャワーからの湯が降り注ぎ、高城も全身を濡らしている。湯気の中で、濡れそぼった高城は、視覚だけでも真二を追いつめるに充分だった。

真二の熱く猛《たけ》った屹立《きつりつ》に高城が手を添えた。大事なものに触れるような優しい感触だった。

真二が見下ろした先で、高城が口を開いている。覗いた舌先が、真二の先端を掠《かす》めた。

「……っ……」

たったそれだけで全身が震えるほどの快感が駆け抜ける。

さらに高城は口を大きく開けた。全てを収めることはできないが、限界にまで口を拡《ひろ》げて、呑み込もうとする高城の姿と、高城の唇の感触に、真二はあっけなく終わりを迎える。

「くっ……」

真二は高城の口の中で達してしまった。

「すみません」

堪えきれなかったことを真二が謝罪すると、高城は立ち上がり、呆れたように笑った。

「アホか。これでイカれへんかったら、謝ってもうてもええけど、こっちはイカすためにやっとんねんから」

「あれ、そう、なんですか？」

「そうって、他に何が……」

高城も気づいて言葉に詰まる。

真二はもっと先のことのために、高城が自分を高ぶらせくれているのかと思っていた。だから、限界で我慢するつもりだったのだ。

「それは、お前、アレや」

全く意味をなさない言葉が、高城の動揺を伝えている。

「駄目ですか？」

その先は意図していなかったのかと、真二は高城の真意を尋ねた。

「あかんかったら、風呂に入れなんて言わへんわ」

照れてそっぽを向く姿にいとおしさが募る。達したばかりの中心は、またすぐに力を持ち始めた。

真二は真正面から高城を抱きしめた。

殴り飛ばされることなく、高城の手が真二の背中に回る。

「お前、もしかして、ここでするつもりか？」

「ちょっと余裕が……」

さんざん高城に煽《あお》られて、体も心も大いに盛り上がっている。この状態から場所移動などしたくなかった。

「まあええか。俺も言うほど余裕ないし」

そう言って高城は、了解の合図なのか軽いキスをくれた。

真二はそっと高城の胸元に手を伸ばした。胸の飾りは待ちかねていたように、固く尖《とが》って突きだしている。

「ふぅ……っ」

高城の口から甘い息が漏れる。

背中に回っていた高城の手が、一瞬、真二の背中から離れ、また戻った。

「あ、このままで大丈夫ですか？」

今日はまだ高城の拳《こぶし》を封じる作戦を取っていない。また殴り飛ばしたくならないかと真二は尋ねる。

「もう大丈夫や」

至近距離で高城が笑顔を見せた。

「これは優弥のおかげかもな」

「優弥さんの？」

「お前にはもういろんな俺を見られてるいうことを気づかせてくれた。とことんカッコ悪いとこも見られてんのに、今更恥ずかしいことなんかないわな」

だから、照れて殴ることはない。高城はそう言っていた。

初めて正面から、向かい合って抱きしめ合い、そして、求め合うことができる。

真二は背を屈めて、胸に口づけようとしたが、背中が浴室の壁に当たった。

高城はそれを面白そうに笑い、それから、真二の肩をおして、バスタブの縁に座らせた。そうすることで、顔の高さが、ちょうど高城の胸と一緒になる。

高城がねだるように真二の頭に手を回した。真二も足を開いてその間に高城の腰を引き寄せる。

眼前に現れた魅惑的な胸の突起に、真二は唇を寄せる。舌で舐め上げると、手に力がこもる。唇で吸うと、体が震える。真二のすること全てに高城は敏感な反応を返してくれた。

視線をそっと下にずらすと、高城の中心は明らかに形を変えていた。

真二は腰に添えていた手をその先に下ろした。

丸みのない双丘に手を這わせると、その先を期待してなのか、高城は真二の頭にしがみついた。

真二は窪《くぼ》みに沿って、指を這わせた。真二を受け入れてくれる場所が、この先にある。

「んっ……」

指を入り口に押し当てると、高城が真二の耳元で甘い息を吐く。

シャワーをさんざん浴びた体は指先までもまだ濡れている。真二はゆっくりと指に力を込めた。少しずつ、高城の中を指で犯していく。

高城が息を吐き、衝撃を堪えている。切なげに寄せられた眉根《まゆね》が、高城の表情にさらなる

色気を加えていた。

焦る気持ちを堪え、一本分の大きさに馴染《なじ》むのを待って、真二は慎重に二本目の指を差し込んだ。二本の指で抜き差しを繰り返し、そろそろもう一本増やしても大丈夫かと真二が思ったときだった。

「もう……ええからっ」

せっぱ詰まった高城の声が耳元で響く。

「でも……」

「指だけでイカす気か？」

高城の声は熱く掠れていた。

シャワーで濡れそぼっていたから気づかなかったが、高城の中心は先走りを零《こぼ》し始めていた。

真二はゴクッと生唾《なまつば》を呑み込む。

「ここでいいですか？」

「ここって……？」

真二はバスタブの縁に腰掛けたまま、高城の腰を掴んで持ち上げようとした。

「わかったから、ちょっと待て」

高城は自ら右足を上げ、真二の腰に回した。そして、真二の膝に腰を落とし、残った左足も同じように回す。

「こうしといた方が楽やろ？」

「ありがとうございます」

真二は高城の協力に素直に感謝した。そして、改めて高城の腰を掴んだ。重さなど全く感じない。座っている真二の中心は完全に勃《た》ち上がり、高城を待ち望んでいる。

真二は持ち上げた高城の体に、狙いを定めて先端を押し当てた。

「くぅ……」

最初の衝撃を和らげようと高城が息を吐く。

「キツイですか？」

いつも余裕などないが、今日はさらに焦っていた。高城と初めて正面から抱き合えることに、真二だけでなく高城も余裕をなくしていた。だから、あまり解せず、高城の体はいつもよりも固く、真二を拒む。

「やっぱり、もう少し」

無理だったかと、真二は高城の体を持ち上げ直そうとした。

高城が顔を上げ、熱を持って潤んだ瞳で顔を横に振る。

「平……気や……から」

その後に続くはずの言葉を、真二は高城の瞳の中に読み取った。いくら鈍くても、これがわからなければ馬鹿だ。

真二は高城の細い腰をしっかりと摑み、ゆっくりとその身体を引き落としていく。

「はっ……あぁ……」

中を擦られる感触に、高城が体を震わせる。

表情の中に苦しさ以外のものが見えた。

真二はさらに奥まで高城に自身を呑み込ませる。

「ああっ……」

高城が首をのけぞらせた。

奥を突かれて、感極まった声が溢れる。

「いいですか？」

「いい……に決まっとるやろっ……」

やけくそのように叫ぶ高城の声が、バスルームに響く。言葉は荒いのに、声音《こわね》が甘く嬌声《きょうせい》にしか聞こえない。

何度も持ち上げては引き落とし、高城を泣かせた。

高城の足はバスタブの中で宙に浮いている。動きを自分では制御できず、真二にされるままだ。

高城がなんとか自分でも動けるようにと、両脚をバスタブの縁に乗せた。だが、それは余計に高城を乱れさせることになる。

「はぁ……あ……」

角度が変わることで、より深く抉《えぐ》られる。高城は真二の肩をきつく握り、大きく背を反らした自身の体を支えた。

上気した肌が真二の眼前に広がる。その中に固く尖った胸の飾りが、さらに赤く色づき魅惑的なアクセントになっていた。

真二は左手だけで高城を支え、右手をそこに伸ばした。

「やぁ……」

甘く喘《あえ》いだ高城が、真二を締め付ける。

真二はただ指先で軽く触れただけだ。だが、全身が敏感になっている高城は、たったそれだけで体を揺らした。

もっと高城を感じさせたい。

真二は固く尖った芯《しん》を、指先で柔らかく摘《つま》んだ。

「も……うっ……」

限界だと高城が訴える。

真二はもっとずっと前から堪えていた。イクときは高城と一緒だと我慢していた。いつもなら暴走してしまうが、さっき一度達していたおかげでなんとか我慢できた。

真二は高城の腰を抱え直し、激しく突き上げる。

高城は落ちないように自分の身体を支えるので精一杯だ。張りつめた自身を自らの手で解放してやることができないでいる。だが、真二はそのことに気づく余裕がなかった。

腰が浮き上がるほど大きく突き上げると、高城は痙攣《けいれん》したように身体を震わせた。

「あぁっ……」

高城は後ろへの刺激だけで達した。そのときの締め付けで、真二も高城の中に解き放つ。

高城の放ったものが真二の腹を濡らしたが、元々、シャワーでずぶぬれになっている。また洗い流せばいいだけだ、気にすることはなかった。

高城は真二の肩に頭を預けた。

「くそっ」

耳元で高城が舌打ちするのが聞こえる。

「すみません」

突っ走ってやりすぎたと、真二は慌てて謝った。

「ちゃうて」

高城が顔を上げる。苦笑ではなく、照れ笑いの表情だ。

「お前、やるたびに上手《うま》なっとるから」

照れつつも高城が露骨な言い方をするのは、男同士のせいだろう。真二もちょっと照れく

さくなりながら、

「そうですか？」

「後ろだけでイカされたら、男のプライドっちゅうもんが……」

「すみません」

真二はやっと高城の中心に触れなかったことを思い出し、慌てて二人の身体の間に手を伸ばす。

「アホか。今更、触ってどうすんねん」

高城に手をはねのけられ、真二は間違ってしまったかと項垂れる。

「怒ってんのとちゃうからな」

高城がフォローする。そのくせ、顔は横を向いて、

「どっちか言うたら、褒めてるっちゅうか」

やはり照れくさいらしく、また横顔が赤くなっていく。

真二はそんな高城に冷めたはずの身体が熱くなる。

「おい」

高城がぎょっとしたように顔を向けた。

高城の中で真二がまた大きくなり始めたのを、高城が気づかないはずがない。

「いくらなんでも、回復早すぎやろ」

呆れたように言われても、体の反応は止められず、真二は情けない顔で高城を見つめる。

「明日、土曜なんですけど」

「それが？」

「お休みですか？」

本来なら土曜は休みのはずだが、高城はよく休日出勤もしている。もし、明日も仕事なら、なんとか理性でこれ以上の欲求を押しとどめなければならない。

「休みや」

「だったら」

高城の答えに、真二はごくっと息を呑む。

平日は高城に無理をさせないよう、どれだけ欲しくても一度でセーブしていた。もし、明日が休みなら、もっと高城を求めたい。言葉には出さなかったが、真二の熱い瞳で、高城には伝わったらしい。

「ベッドまで連れていけ」

高城が腕を伸ばして命令する。

「このまま？」

まだ二人は繋がったままだ。

「できるもんやったらな」

高城はふっと笑い、挑発するように言った。きっと高城は冗談で言っただけなのに、真二は馬鹿正直に応える。

「たぶん、大丈夫ですよ」

支えるように高城の腰に手を回し、真二は慎重に立ち上がった。腕力には自信がある。細身の高城を抱え上げることくらい、造作もないことだった。

「あほっ……う……」

体勢の変化が高城を刺激する。高城の言葉が掠れた。

バスルームから隣の脱衣所に移動するだけで、高城の中心は微妙な変化を見せ始めている。歩くたびに突き上げていることに、真二はようやく気づいた。

快感を堪えようと、高城が真二にしがみつく。そんな仕草に、また真二は大きくなる。

真二は片手だけで高城を支え、左手でバスタオルを手にして、高城の背中に被せた。

「何、余裕こいてんねん」

熱い息を吐きながら、高城が背中を殴る。もっとも、この状態で力など籠《こ》もるはずもなく、高城も本気で殴ろうとはしていない。愛撫のように感じるだけだ。

高城を抱えたまま、リビングにまで移動した。

わずか数メートル移動するだけで、二人は完全に高ぶっていた。

「後で俺がちゃんと拭いておきますから」

真二の歩いた数メートルは、濡れた足跡が点々と残っている。真二はそのことを申し訳なく思いつつも、今は高城から離れることはできなかった。

繋がったままベッドに高城の背中を預け、真二も膝をついて乗り上げる。

リビングの電気もつけっぱなしだ。明るい照明の下、二人の間で、高城の中心も完全に力を取り戻している。

「なんか、反応が早くないですか？」

「うるさい」

高城が顔を真っ赤にしてそっぽを向く。やはり、自分からするのではなく、されるのにはまだ少し抵抗があるようだが、手が出ないだけ進歩している。

「続き、してもいいですか？」

怒られているのかと思い、おそるおそる真二は尋ねる。

「黙ってせえ」

やけくそのように怒鳴られる。

真二は腰に回されていた高城の足を、膝を摑んで抱え上げた。

軽く揺さぶっただけで、高城はすぐに甘い息を漏らし始める。

「うっ……ん……」

さっきまで繋がり高めあい、そして達した体は、まだ熱が冷めていなかった。だから、反応も早かった。

真二はベッドが軋《きし》むほど、激しい動きを再開した。体勢を変え、角度を変え、それでも、高城を感じさせる場所は確実に狙って突き上げる。自分だけ快感を追うのではなく、高城が感じてくれてこそ、自分も感じられる。

今度は真二にも少しの余裕があった。忘れずに高城の中心に手を伸ばす。

「ふ……あぁ……」

軽く擦ると、待ちかねていたように、高城の中心から先走りが零れる。

さっきは距離があって、手だけしか届かなかった。真二は背を丸め、胸の飾りに顔を近づける。

「ああっ……待っ……」

高城が悲鳴を上げる。

胸を舌で嬲《なぶ》られ、右手で中心を擦《こす》られ、そして、奥を太い凶器で突き上げられる。三カ所を同時に攻め立てられ、達したばかりで敏感な体は、急激に追い上げられていく。

高城が感じていることが嬉しくて、真二の動きはさらに激しくなる。

「も……うっ……あかんっ……」

叫んだのと同時だった。高城はあっけないほど早く終わりを迎えた。さすがに真二もあまりの早さに動きを止めて、高城を見つめる。

高城が真二の首に両手を回し引き寄せる。

「お前も……」

その後の言葉は、吐息のように小さく耳朶《じだ》に吹きかけられた。その声に後押しされ、真二は自身を二度高城の中に打ち付け、終わりを迎えた。

高城は二度目の、真二は三度目の放出を迎えた後、今度は刺激を与えないよう、慎重に自身を引き抜いた。

「疲れた」

高城はベッドに両手を広げて投げ出す。呼吸は荒く、胸元も大きく上下している。

「すみません。夢中になりすぎました」

真二はベッドに正座し、やりすぎたことを謝る。

「かまへん。お前はよう頑張った」

高城が自分の隣の空間をぽんぽんと叩く。隣で寝ていいということだ。真二は見えない尻尾を振って、高城の隣に体を横たえた。

「また汗かいてしもたな」

真二の額に滲《にじ》んだ汗を見ながら、高城が言った。

通常なら十二月にこんなに汗はかかない。高城の部屋は空調が効いていて、しかも寒がりな高城に合わせて、温度は高めに設定されている。その中であれだけ激しく動けば、汗を掻

いて当然だ。あまり汗を掻かないという高城ですら、うっすらと汗を掻いている。

「まあでも、ホンマに、俺、お前の汗は嫌いやないから」

そう言って、高城が真二の額を舐《な》めた。

思いがけない仕草に、また体が熱くなりそうで、でも、これ以上はまずいとかろうじて残っていた理性が押しとどめる。

「高城さん、駄目ですって」

「何があかんねん」

「だから……」

真二は視線を下げ、自分の中心を目で知らせる。まだ何とか堪えているが、真二は自分の体を持て余す。

「お前、明日は?」

「仕事です」

真二は心底、残念な思いで口にする。

刑事にまともな週休二日制などない。ただでさえ、万年人手不足なところに、事件は待ってくれない。

「ほな、無理やな」

「俺が無理なんじゃなくて、高城さんが」

「何考えとんねん」

高城が真二の頭を軽く殴る。

「俺が言うてんのは、泊まってくのは無理やなあいうことや」

「すみません」

高城の前ではすっかり口癖になってしまった言葉を、また口にする。

「あの、ここから仕事に行くのは？」

「同じ格好でか？」

高城はまだ納得してくれない。真二がスーツで通勤していれば問題はなかった。スーツなら同じものでも、あまり人の印象には残らないし、ネクタイを替えるだけでも印象が変わる。それに、ネクタイだけなら高城に借りることもできた。だが、真二は刑事課勤務の初日だけをスーツで過ごし、後は動きやすい服装で勤務していた。

「ちょっと早く出て、一度、寮に寄ります。それなら？」

「許す」

高城の許可が出て、真二は隣で眠ることができる。真二にとっては他に代えることのできない、最高の寝場所だった。

7

真二が目を覚ますと、カーテンの隙間《すきま》から朝日が射《さ》していた。その明かりを頼りに、真二は時計を探して視線を巡らす。

午前六時過ぎ。通常勤務の朝にしては目覚めが早い。

真二の目を覚まさせたものは、隣で眠る人の動きだった。寝る前にエアコンは切ってあり、夜の間に暖かさは消え、部屋は朝の寒さを感じさせる。そのため、暖を求めるように、真二にすり寄ってきていた。

真二の体に身を寄せる高城は、一糸纏《まと》わぬ姿だった。布団から覗く肩口にも、真二の付けた口づけの痕《あと》が残っている。

それを見ただけで体が熱くなるのに気づき、真二は慌てて視線を逸らす。

「朝から、興奮すんなや」

からかうような声が胸元で響いた。

「起きてたんですか？」

「今な。寒うて目が覚めてしもた」

高城は布団の中から腕を伸ばし、サイドテーブルの上の、リモコンを手にした。

「すぐに暖かくなるから」

高城はリモコンのボタンを操作し、エアコンをつけると、すぐに布団に潜り込んだ。

高城に唯一の弱点があるとしたら、それは極端な寒がりなことだ。冬になるまで気づかなかった。

「その間に、俺が朝ご飯を作ります」

真二はそう言って、高城から布団を奪わないよう、静かにベッドから降りた。確か服は脱衣所で脱いだはずだと、それを取りに向かう。

「できんのか？」

疑うような高城の声が背中にかけられた。

この部屋で食事をとるときは、常に高城が作ってくれていた。高城は何をしても完璧で、料理までできてしまう。真二でなければ、コンプレックスを感じるところだが、真二はただ感心し、尊敬するだけだ。

「ご飯は炊けます」

脱衣所で手早く服を身に着けながら、得意げに言った真二に、高城は噴き出す。

「他には？」

「目玉焼きも作れます」

「メニューは決まったな」

それから、真二が朝食を作っている間、高城はベッドから出てくることはなかった。部屋が寒いというのもあるが、何より、体が辛《つら》いのだろう。昨夜は無理をさせすぎた。欲するまま何度も求め、高城もそれに応えてくれた。だが、結果として、高城は朝になっても起きあがることができないでいる。

高城はベッドの中から、今度はテレビのリモコンを操作する。

土曜の朝、完全なニュース番組は放送しておらず、情報番組のようなニュースも織り交ぜた番組が映っていた。

いつも見ている番組でもないのだろうが、高城はぼんやりとしてテレビを見ている。

真二は米をとぎながら、そんな高城の姿をほほえましく見つめていた。

いつもは隙のない身のこなしで、だらだらしている姿など想像もできないし、人に見せることもない。不可抗力とはいえ、それを見せてくれるのが嬉しい。

炊飯器をセットして、あとは炊きあがりを待って、目玉焼きを作る。それまで三十分以上かかる。

「高城さん、まだ時間かかるんで、先にコーヒーでもいれましょうか？」

キッチンから呼びかけるが高城の返事がない。

「高城さん？」

真二はキッチンからリビングに移動し、ベッドの高城にもう一度呼びかけた。

「あ、ああ、なんやて？」

高城がようやく真二に視線を移した。

真二は高城が何をそんなに熱心に見ていたのかと、テレビに目をやると、来年の箱根駅伝を伝えるニュースだった。情報番組らしく、有力校の紹介から、コース周辺の観光地やお店まで紹介している。

「高城さん、今年のお正月はどうするんですか？」

真二は思いついて、問いかけた。

「まだ決めてへんけど」

「もしよかったら、一緒に駅伝を見に行きませんか？」

「横浜も通過するんやったか？」

高城は今までまともに箱根駅伝を見たことがないと言っていた。有名なレースだから、名前くらいは知っていても、テレビにかじりついて見るほど興味があるわけではない。今も注目していたのは、真二が好きだから見ていてくれただけだ。

「しますけど、できれば、小田原で見たいんです」

「お前の生まれ育った街か」

高城は頬《ほお》を緩め、

「見てみたいな」

「いい街ですよ」

「だろうな。お前みたいな奴を育てた街なんだから」

高城の言葉が真二を喜ばせる。

「だったら、俺の生まれ育った家はどうですか？」

「お前、何を考えとんのや？」

高城が訝《いぶか》しげな視線を向ける。

「俺の両親に会ってもらえないかと」

「まだ早い」

高城が呆れた顔で誘いを断る。

「でも……」

高城は両親に真二のことを打ち明けてくれた。それに真二も家族には本当のことを話したい。そして、どれだけすてきな人なのかを教えたい。

「正月早々、そんな衝撃告白を聞かされる親の身になってみろ。俺の家がどれだけ騒動になったと思ってるんだ」

それが原因で弟の優弥に喧嘩《けんか》をふっかけられたことは、記憶に新しい。

「俺も家族に高城さんのことを言いたいんです」

高城が溜息《ためいき》を吐く。

「高城さんは言ってくれたじゃないですか」

「俺は話の流れでそうなっただけや」

「それじゃ、俺もそんな話になったら、言ってもいいですか？」

「正月はやめとけ」

高城の拘《こだわ》りがよくわからないが、あまりしつこくして嫌われるのは避けたかった。

「だったら、親に会うのはなしでも、一緒に駅伝を見るだけでも？」

高城が考える素振りをみせた。これは脈があると、真二はじっと答えを待つ。

「わかった。俺もお前も、その日に仕事が入らんかったらな」

結局、高城が根負けした。

「約束ですよ？」

「そやから、わかったて」

高城が苦笑する。

「来年の駅伝が、今までで一番楽しい駅伝になります」

テレビはすっかり次の話題に移り、箱根駅伝の欠片《かけら》も残っていない。それなのに、真二はテレビの画面に、小田原の街が映っているかのように見つめる。高城に見せたいところはいっぱいある。

「まだわからへんぞ」

「なりますよ、絶対」

高城と一緒だから。言葉に出さなくても、高城にはわかる。

「不謹慎かもしれへんけど、その日だけは横浜が平和であるように、祈っとかなあかんな」

「俺も祈ります」

警察に入って初めて、真二は正月勤務を返上する決意をした。

あとがき

こんにちは、そして、はじめまして。いおかいつきと申します。

祝続編でございます。続編を出させていただけることになったのも、前作の『好きこそ恋の絶対』をご購入いただいた皆様のおかげと深く感謝しております。ありがとうございました。


さて、話の中では前作から三ヵ月が経過しております。彼らの関係がどれくらい変わったかというと、気恥ずかしくなるくらいにラブラブです。ですが、その気恥ずかしさを忘れるほど書いてて楽しかったです。ここまで無条件にラブラブな話というのは、おそらく私的には初です。なので、非常に新鮮でした。

さて、今回、新しいキャラが登場しました。高城の弟です。前作では全く触れておりませんが、実は自分の中では最初から双子設定でした。完璧な兄にコンプレックスを持つ弟、のはずなんですが、高城が果たして完璧な男なのか自信がなくなってきた今日この頃です。口は悪いし手は早いし……。

実は何げにこのお話、箱根駅伝がキーワードになってます。そういうわけで、今年は例年以上に箱根駅伝に注目しておりました。特に小田原を走っている辺りをです。

それで思い出しましたが、小田原に一度だけ行ったことがあります。友人が小田原市内に住む親戚を訪ねるというので、じゃあそこまで一緒にと同行しました。なぜなら、私はそこに城があれば登らずにはいられないという程度の緩い城マニアだからです。駅前で友人と別れ、一人でぷらぷらと城に向かいました。

私の記憶に残っている小田原は、田舎ではないのにのんびりした町という印象でした。箱根駅伝のコースにはいろんな町があるのに、真二の生まれ故郷を小田原と決めたのは、そのときの印象が残っていたからなんだと、今年の駅伝を見ながら気づきました。


今回も挿絵をお引き受け下さいました奈良千春様、またまた素敵なイラストをありがとうございました。前作よりもお色気シーン増量でニヤニヤ笑いが止まらないところに、前作同様高城の本性が現れたイラストに爆笑でした。

太っ腹の担当様、よくぞ続編発行を決断してくださいました。その勇気に感謝です。本当にありがとうございました。今回はご迷惑をおかけしてない……はずですが、今後ともよろしくお願いします。

そして、最後にこの本を手にしてくださった方へ、最大の感謝を込めて、ありがとうございました。

HPアドレス　http://www8.plala.or.jp/ko-ex/

二〇〇六年二月某日　いおかいつき

✦初出　君こそ僕の絶対……………書き下ろし

いおかいつき先生、奈良千春先生へのお便り、本作品に関するご意見、ご感想などは
〒151-0051 東京都渋谷区千駄ヶ谷4-9-7
幻冬舎コミックス　ルチル文庫「君こそ僕の絶対」係
メールでお寄せいただく場合は、comics@gentosha.co.jp まで。

幻冬舎ルチル文庫
君こそ僕の絶対

2006年3月20日　　第1刷発行

✦著者	いおかいつき
✦発行人	伊藤嘉彦
✦発行元	株式会社 幻冬舎コミックス 〒151-0051 東京都渋谷区千駄ヶ谷4-9-7 電話 03(5411)6431[編集]
✦発売元	株式会社 幻冬舎 〒151-0051 東京都渋谷区千駄ヶ谷4-9-7 電話 03(5411)6222[営業] 振替 00120-8-767643
✦印刷・製本所	中央精版印刷株式会社

✦検印廃止

ISBN4-344-80740-5　C0193　Printed in Japan

「幻冬舎ルチル文庫」

大好評発売中

［恋愛証明書］

崎谷はるひ

イラスト▼街子マドカ

はじまりは3年前。カフェレストランで働く安芸遼一は、美しい妻と愛くるしい男の子・准と訪れる常連の客・皆川春海に一目惚れした。しばらくして、離婚し落ち込んだ春海に夜の歓楽街で会った遼一は、身体だけの関係を持ちかける。それから1年。深く知れば知るほど、春海に惹かれていく遼一だったが、自分の想いは告白できない。やがて別れを決意した遼一に春海は……!?

◎580円（本体価格552円）

［おまえは、愛を食う獣。］

神奈木 智

イラスト▼金ひかる

モグリの外科医・小田切優哉が始めて一之瀬響に会ったのは、響が15歳の時だった。優哉は会った瞬間、本能的に7歳年下の響を「これは俺のものだ」と直感、誘惑。以来6年、身体の関係を結んでいる。しかし二人を囲む周囲の状況は、響の2代目襲名を間近に控え、厳しくなっていた。反対派による襲撃も増え、身体だけのドライな関係のはずだった二人の心も揺らぎ始め……!?

◎540円（本体価格514円）

発行●幻冬舎コミックス　発売●幻冬舎

「幻冬舎ルチル文庫」

いおかいつき　イラスト 奈良千春
［君こそ僕の絶対］
白バイ隊から刑事になった諏訪内真二は、事件をきっかけに担当エリート検事・高城幹弥と恋人同士に。ある日、刑事課を尋ねてきた弁護士に敵意あふれる態度を取られるが、その新米弁護士は、高城の双子の弟・優弥だった。

５４０円（本体価格５１４円）

うえだ真由　イラスト やしきゆかり
［この口唇で、もう一度］
大手広告代理店に勤める椎名圭祐は、自他共に認める"独身貴族"。そんな圭祐のもとに、遠い親戚で17歳の瑞が居候することに。最初は迷惑に思っていた圭祐も瑞との生活を楽しみ始め、やがて互いに惹かれあうふたりだったが……。

５８０円（本体価格５５２円）

高岡ミズミ　イラスト 片岡ケイコ
［終わらない夢のつづき］
瀬名瑞希は帰宅途中、連れ去られそうになったところを浩臣・ランバートに助けられる。ボディーガードとしてやってきた浩臣と過ごすうちに、瑞希は次第に惹かれ始める。しかし浩臣は瑞希の双子の兄・和実へ秘めた想いを抱いていて……。

５６０円（本体価格５３３円）

崎谷はるひ　イラスト 街子マドカ
［恋愛証明書］
カフェレストランで働く安芸遼一は、美しい妻と愛くるしい男の子・准と訪れる常連客・皆川春海に一目惚れをしてしまう。しばらくして、離婚し落ち込んだ春海に夜の歓楽街で会った遼一は、身体だけの関係を持ちかけるが……。

５８０円（本体価格５５２円）

ひちわゆか　イラスト 新田祐克
［六本木心中②］
カリスマミュージシャン・九条高見。彼は、憎んでいたはずの瀬能結城に惹かれていく自分を認めることができない。そして酒に溺れ、堕ちた高見を救ったのは静養先で出会った青年・宗だった。大幅加筆改稿＋書き下ろしでお贈りする文庫化第2弾!!

５４０円（本体価格５１４円）

水上ルイ　イラスト 佐々成美
［王子様の甘美なお仕置き］
あるパーティで出会った村上恵太と日本屈指の大富豪・詞ノ宮令人。恵太は令人が理事長を務める『詞ノ宮美術館』でアルバイトを始める。美しい令人を守ると宣言する恵太に、令人はキスを……。しかし貞操の危機は令人ではなく恵太に降りかかり!?

５４０円（本体価格５１４円）

きたざわ尋子　イラスト ほり恵利織
［いつか君が降った夜］
向高梓希と神矢弓弦は又従兄弟同士。ある事情から梓希は弓弦の家に預けられ、やがて二人は恋人に。しかし、キスより先に進んでくれない弓弦に、自分が子どもっぽいからだとへこむ梓希は――!?　大幅加筆修正した初期作品と書き下ろし続編を同時収録。

５６０円（本体価格５３３円）

神奈木 智　イラスト 金ひかる
［おまえは、愛を食う獣。］
モグリの外科医・小田切優哉は、初めて出会った瞬間7歳年下の一之瀬響を「これは俺のものだ」と直感、誘惑。以来6年、身体の関係を結んでいる。しかし響の2代目襲名を間近に控え、身体だけの関係だったはずのふたりの心も揺らぎ始め……!?

５４０円（本体価格５１４円）

発行● 幻冬舎コミックス　発売● 幻冬舎